「寂しかったです、独り寝」
はにかみながら素直に言って俯くと、遥にいきなり抱擁された。
ぎゅっと腕に力を込めて抱き竦められ、遥の熱と匂いに包まれる。（本文より）

BBN
B•BOY NOVELS

ゆるがぬ絆

―花嵐―

遠野春日

イラスト／円陣闇丸

この物語はフィクションであり、実際の人物・団体・事件等とは、一切関係ありません。

CONTENTS

ゆるがぬ絆

―花嵐―

□□□

「ちくしょう、しくじったぜ」

片膝を立てて畳に座り込み、苛々《いらいら》と爪を噛みながらぼやく男に、あぁ、この人はいつもこうだ、と思いながらも、知らん顔をして突き放せなかった。

私まで見捨てたら、この人はますますだめになる。

この人をなんとかしてあげられるのは私しかいない。

「そのお金、いつまでに返済すればいいの？」

「一月《ひと》後だ。今日なんとか利息分だけ払ってきたから、あと一月待ってもらえることになった」

男は縋《すが》るような目でチラリとこっちを見る。

「おまえ、どうにかならないか」

この際なんでもいいから金を作らなくてはと切羽詰《せっぱつ》まった心地のようだ。きっと闇金の類いから借りているのだろう。

「とりあえず百万……！　耳を揃《そろ》えて返さないと、どんな目に遭《あ》わされるか」

声に焦《あせ》りと恐れが出ている。表情もひどく怯えていて、大げさに言っているわけではなさそうだった。

「先月死んだばあさんの保険金とかないのかよ」

「ないわ、そんなもの」

あったとしても、受取人は祖父だ。年金暮らしをしている祖父に百万円もの大金を貸してくれと頼むことはできない。ただでさえ長年連れ添った祖母に先立たれて覇気をなくしているのだ。今までにもさんざん迷惑をかけてきたのだから、もうこれ以上よけいな心配をかけるようなまねはしたくない。

チッ、と男は舌打ちする。当てが外れて失望したようだ。

「ああっ、くそっ。どうすりゃいいんだっ」

茶色く染めた硬そうな髪をガシガシ掻き、癇癪《かんしゃく》を起こして叫ぶ。

一ヶ月寝る間も惜しんで働いたとしても、まっとうな手段でそれだけの金を稼ぐのは難しい。ましてや、この男は相変わらず定職に就《つ》いておらず、今日もこうして娘の留守中に私のところにやって来て金を無心《むしん》するくらいだ。

情けないとがっかりする一方、この人が頼れるのは私だけなのだから、どうにかしてやらなくてはという使命感のようなものが湧いてくる。この窮地さえ脱せられたら、少しは私に感謝するのではないか。私を失えないと考え、今までのような無責任で適当な付き合い方をしていてはいけない、と態度を改めてくれるのではないか。そんな期待もあった。

今まで一度として私に対して誠実であったためしなどない男だが、何度酷い目に遭わされても信じたい気持ちが拭い去れない。だめな男だが、情を覚えてしまっていて、別れられない。我ながら貧乏籤《くじ》ばかり引かされ続けている人生だ。

世の中にはもっといい男がいくらでもいるのに、なぜ私にはこの男しかいないのか。

そもそも、私は昔から男を見る目がなかった。

学生時代、好きで好きでたまらない男がいたが、彼も不良だった。不良だったけれど、私は彼に夢中だった。彼の子供を妊娠したってかまわないと思ったくらいに……。

そこまで考えたとき、ふと、ある考えが頭に浮かんだ。

「……保険金はないけど、もしかしたら、どうにかしてくれる人がいるかもしれないわ」

なにっ、本当か、と男の顔に喜色《きしょく》が浮かぶ。

それが私の心を決めさせた。

1

二月と八月は閑散期だとよく言われるが、遥《はるか》は暦《こよみ》に関係なく一月も忙しいようだ。月初《げっしょ》から毎日遅くまで働きづめで、一日でも完全にオフにして休んだかどうか怪しい状況で、気づけば月も半ばを過ぎていた。

業種の異なる会社を六社もやっているので、年間を通して暇な時期などないというのもわからなくはない。遥は本当に仕事人間だと思う。事業拡張が趣味か、と知り合いの山岡《やまおか》社長がたびたび遥を揶揄《やゆ》するが、佳人《よしと》の目にもまさにそんなふうに映る。

出張も多く、月に二、三度はどこかに行っている。

ほとんどの場合出張先は国内で、日帰りもままあるのだが、一月下旬に遥が入れていたのは珍しく海外出張だった。

金曜日の昼過ぎに家を出る遥を見送ったその日から、佳人は一週間後の帰国日が待ち遠しくてならなかった。

あと一月ほどで付き合いだして丸三年になるというのに、遥への恋情はいっこうに衰えない。二人でいることにすっかり慣れ、生活そのものは特に代わり映《ば》えもなく日々平穏に過ごしているが、ふとした弾みに遥の言動にときめいたり、新たな一面を垣間見たりするたび、依然として遥に恋をし続けているのを思い知らされる。

遥の秘書を三ヶ月前に辞めてから、佳人は自宅でパソコンを使って仕事をすることが多く、一日家から出ないこともある。遥が朝出勤してしまえばその状況はいつもと同じはずだが、気持ちの持ちようなのか、しばらく遥は帰ってこないと思うと、広い家が普段以上にガランとして感じられ、寂しさが身に沁《し》みる。

橋本美樹《はしもとみき》と名乗る女性が突然訪ねてきたのは、遥が出掛けた翌日の午後だった。

二時に通いの家政婦、松平《まつだいら》に早めに引き揚げてもらった直後、インターホンが鳴った。てっきり松平が忘れ物でも取りに戻ったのかと思いきや、モニター画面には佳人と同年輩くらいの見知らぬ女性が映っている。飛び込み営業に回っているセールスレディにも、宗教の勧誘にも見えなかったので、誰が何の用だろうと訝《いぶか》しんだ。

『こちらは黒澤《くろさわ》さんのお宅ですよね。遥さんはご在宅でしょうか』

真面目そうな顔つきの、態度も控えめで礼儀正しい女性だった。

『私、橋本美樹と申します』

どうやら遥の個人的な知り合いらしい。

いったいどういう知り合いなのか、佳人は気になった。日頃、遥の周囲に女性の影を感じることがないだけに、いざ妙齢の女性が現れるとつい身構えてしまう。仕事絡みでないならなおさらだった。

「せっかくお越しいただいたのですが、あいにく黒澤は昨日から出張で海外に出ております」

佳人が気の毒がった声音で告げると、美樹は、えっ、とにわかに顔を曇らせた。そんな……、と心底困った様子で、落ち着かなさそうに目をうろうろと動かす。

なにか事情がありそうだったので、佳人は自分でよければ話だけでも聞いておいたほうがいいかもしれないと思った。

「伝言があればお預かりしますが」

『あの……お戻りはいつなんですか』

美樹は直接遥と話がしたいらしく、佳人の言葉に躊躇《ためら》い、すぐには返事をしないで代わりにそう聞いてきた。

「木曜日の夜の予定です」

まだあと五日は不在と聞いて、美樹はいっそう戸惑った表情をする。どうしようかと思案し、迷っているのが見て取れた。

「よかったら、お上がりになりますか」

門扉《もんぴ》のところでいつまでもインターホン越しに話すのもなんだったので、佳人は躊躇いながらも言ってみた。このまま帰るならそれはそれでかまわないのだが、美樹自身逡巡していてすぐには態度を決めかねているようだったし、佳人も正直、美樹の用件が気がかりだった。虫が知らせたというのか、あまりいい予感はしなかった。

美樹もこのまま引き下がるのはいささか不本意だったのか、しばらく迷った挙げ句頷《うなず》いた。

態度はおどおどしているものの、あらかじめ強く決意し、勇気を振り絞ってここに来たことを感じさせる目をしている。

なんとなく厄介なことになりそうな気がしたが、佳人も引くに引けなくなっていた。

応接間に通し、紅茶を出す。

直接会ってみても、清楚《せいそ》で地味な雰囲気の、おとなしそうな女性だった。よほどのことがなければ、事前に連絡もせずにいきなり他人の家を訪ねるようなまねをするようには見えない。

美樹は玄関先で佳人と対面したときからドギマギしている感じで、頬を赤らめ、緊張していた。佳人とまともに目を合わせるのも恥ずかしそうにする。ただでさえ小柄な体を縮こまらせて、ソファの隅に居たたまれなさそうに座り、膝に載せた指に視線を落としている。

美樹の指は女性らしくほっそりとしていたが、指輪は嵌めておらず、爪も短く切っているだけで、洒落《しゃれ》っ気はなかった。コートの下の服装も質素な印象を受けた。ただ、セーターを押し上げる胸元の豊かさはかなりのもので、佳人も目のやり場に困るほどだった。

「どうぞ、よかったら」

紅茶を勧める佳人に、美樹は上目遣いに佳人を見上げ、小さな声で「ありがとうございます」と言った。そして、遠慮がちに続ける。

「あの、失礼ですが、あなたは……？」

「おれは久保《くぼ》と言います。黒澤遥さんの同居人です」

この家にまったく事情を知らない人間が訪ねてくること自体そうそうないので、こうした説明をするのは不慣れだが、当然聞かれるだろうと思っていたので動じることなくさらっと返せた。

二人の関係を聞かれたらどう答えるのかといった話し合いは、遥と特にしていない。遥のほうにも佳人との仲を隠す気はさらさらないようなので、パートナーだと言っても差し支えなさそうだったが、同居人という答え方のほうがこの場合無難《ぶなん》だと考えた。

「奥様のほうのご親戚ですか？」

男女ならば同棲していると察したかもしれないが、三十代の男が赤の他人の家で同居しているというのは、美樹ならずともいささか奇異に映るだろう。不審がられても仕方がなかったので、立ち入ったことを聞かれても佳人は別段気を悪くしなかった。

「いいえ。おれの知る限り、遥さんは一度も結婚したことはないと思いますよ」

「まぁ、そうなんですか。……じゃあ、やっぱり、あのときお付き合いなさっていた方とは別れられたんですね……」

美樹は遥が三十四、五まで独身を通してきたことには意外そうにしたものの、そこから先はなにやら訳を知っていそうな口ぶりになる。

あのとき付き合っていた方、とは遥の大学時代の彼女を指すのだろうか。それしか佳人は心当たりがなく、彼女と別れてからは学業と仕事に打ち込んできたと遥も言っていたので、おそらく敦子《あつこ》のことに違いない。

ざわっ、と佳人の胸に不穏な漣《さざなみ》が立つ。

できることなら二度と関わりたくないと思っていた遥の過去と、再び向き合わなくてはならない嫌な展開になりそうだった。

「遥さんの昔のお知り合い、ですか」

佳人の質問に、美樹はやっと佳人の目を見て、「ええ、まぁ」と答えた。

どうやら佳人と少し話してみようという気になったようだ。佳人の物腰の柔らかさと人当たりのよさに警戒心が薄れ、さらには、遥と同居していてある程度過去も承知しているらしいとわかって気持ちが傾いたのだろう。美樹が佳人と会って態度を和《やわ》らげたのは確かだ。まだ幾分緊張はしているが、佳人を見る眼差《まなざ》しに好意的なものが含まれているのを感じる。

「私は、弟さんの……茂樹《しげき》さんのほうの知り合いです。高校の同級生でした」

「茂樹さんの」

佳人は美樹を見つめ、静かな口調で相槌《あいづち》を打つ。

遥と茂樹は三つ違いだったと聞いている。その茂樹の同級生だったということは、美樹は現在三十一か二ということになる。見た目通りだ。

「茂樹さんのことはご存知ですか？」

美樹に聞かれ、佳人は慎重に言葉を選びつつ返事をする。

「ええ。事故で亡くなられたんですよね。十七才だったと聞いています。高校二年の時ですか」

ざっと十五年前の話だ。

なぜ今になって茂樹の元同級生だという女性が遥を訪ねてくるのか、佳人にはさっぱりわけがわからなかった。おそらく遥が美樹と会っていたとしても同じように首を傾げたのではないかと思う。

遥と茂樹はその頃すでに絶縁状態だった。

家庭の事情から叔父夫婦の許で世話になっていた遥たち兄弟は、大学進学を機に遥が一人暮らしを始めたあたりからぎくしゃくし始めたらしい。

茂樹は叔父とうまくいっておらず、遥に愚痴《ぐち》ばかり言って二人で一緒に住みたいと甘えてきたが、遥は弟の将来のためを思い、高校までは叔父の許でありがたく勉強させてもらえと口を酸っぱくして言い聞かせていたという。奨学金と昼夜のバイトのかけ持ちでどうにか一人暮らししながら大学に通っていた遥には、弟の面倒までみる余裕はなかったのだ。就職するまでは無理だと諭《さと》し、おまえもちゃんと勉強しろと叱っていたようだ。

だが、茂樹は遥の言うことを聞かず、逆に遥を冷淡で自分のことしか考えていないと非難し、逆恨みするようになった。不良グループと行動を共にし始め、高一の秋以降ほとんど学校に行かなくなり、遥も手を焼いたそうだ。どうにか二年に進級することはできたが、茂樹の行いは悪くなる一方で、ついに遥を切れさせる事件を起こした。茂樹が高二のときだ。当時遥と付き合っていた田村《たむら》敦子という女性を、茂樹が仲間たちと共に輪姦したのだ。

以来、遥は茂樹ときっぱり縁を切り、二度と会わないと本人にも告げたという。

それから約二ヶ月後、茂樹は事故死する。バイクで仲間と崖まで突っ走るチキンレースをして、転落死したそうだ。

遥は当初、葬儀をする気にもなれなかったらしい。親戚に世間体が悪いと諭され、ようやく家族葬を行ったそうだ。心の整理をつけることができず、さぞかし煩悶《はんもん》したのではないかと佳人は思う。自らが受けた傷も癒えぬところに、当の本人が不良仲間と馬鹿げた争いごとを起こした挙げ句死ぬという事態が重なったのだ。弱い人間だと承知していながら、茂樹を完全に突き放してしまった自らの責任も感じただろうし、それでもやはり、いくら弟でもあれだけは許せないと葛《かっ》藤《とう》しもしただろう。

茂樹について佳人が知っているのはそれくらいだ。もうこの世にいない人だし、なんといっても遥にとっては血の繋がった実の兄弟なのだから、悪くは考えたくない。佳人にとって重要なのは、遥の気持ちが楽になることだ。最近ようやく墓参りにも行けるくらい蟠《わだかま》りが減ったようなので、無理せず徐々に心の整理をつけてほしいと願っている。それ以外にこれといった感慨は持ち合わせていなかった。

「茂樹さんのことは……遥さんには複雑な思いがあると思います。今やっと少しずつ茂樹さんと向き合えるようになってきたみたいなので、おれとしては、あまり弟さんに関したことで遥さんを動揺させてほしくないのが本音なんですが」

佳人は率直に言った。

自分が出しゃばることではないと承知していても、遥の心境を思いやると釘《つ》を刺さずにはいられなかった。ろくに話を聞きもしないうちから動揺などという言葉が口を衝いて出たのは、佳人が神経質になりすぎているからというより、美樹の思い詰めた表情を見て内容の深刻さが想像されたからだ。どう転んでも気楽な話ではなさそうな面持ちだった。

「そういうふうにおっしゃるからには、久保さんもご兄弟が不仲だったこと、お聞きになっているんですよね?」

「聞いています」

「……ひょっとして、お兄さんが大学生のときお付き合いされていた方との一件も……?」

「はい。知っています」

敦子のことを脳裡《のうり》に浮かべて一昨年起きた事件に絡んだあれこれを反芻《はんすう》し、佳人は苦い気分になった。同時に、美樹もまた敦子が昔、茂樹たちに強姦された一件を知っているのか、と意外な気もしていた。

そもそも、佳人には美樹と茂樹が結びつかない。

同級生だったと言うが、茂樹は高校一年の途中から学校にあまり行かなくなり、不良たちと遊び歩いていたはずだ。美樹がその仲間だったとは思えない。

「私、高一のとき茂樹君と同じクラスだったんです」

佳人の疑問に答えるように美樹は俯《うつむ》きがちになって話しだす。

「茂樹君、夏休み前まではちゃんと登校していたし、誰とでも気さくに話したり遊んだりする普通の生徒でした。背丈はそんなに高くなかったけど、アイドル系の綺麗《きれい》な顔をしていて王子様っぽかったから、他のクラスの女子たちからもよく騒がれていました。私は、たまたま茂樹君と一緒に一学期の保健委員に指名されたんです。それで結構仲がよくて」

まだ茂樹がぐれる前のことだろう。

佳人は黙って耳を傾けた。

「でも、夏休みを境に、他校の評判のよくないグループと付き合うようになって、だんだん学校に来なくなりました。私、茂樹君のことが心配で、家に行ってみたんですけど、親戚の方に、しばらくここには帰ってきていない、一人暮らししているお兄さんのところじゃないかと言われて。そのときは、私お兄さんの住所知らないし、教えてももらえなかったので、そのままになってしまったんですけど。その後、偶然街で四、五人の仲間といるところを見かけたので『学校に来ないの？』って声かけました。でも、茂樹君、人が変わったみたいに服装や態度が乱れて軽薄な感じになっていて、『橋本さん、俺と付き合いたいの？』って、冷やかすみたいにケラケラ嗤《わら》われたんです」

そのときのことを思い出して悔しさが込み上げたのか、美樹はキュッと唇を噛んだ。

「いったいどうしちゃったんだろう、とびっくりしました。でも私、茂樹君のことが好きだったので放っておけなかったんです」

このまま話が本題に向かいそうな気配に、佳人は静かに眼差しで先を促すだけで聞き役に徹した。佳人はどちらかといえば自分が話をするより、人の話を聞くことに長《た》けている。そんな佳人の醸《かも》し出す雰囲気が、美樹に、本来は遥に話すはずだったことを、ここでもう話してしまおうと思わせたようだ。

「それからも、噂や目撃話を聞くたびにそこに行って、茂樹君を陰から見ていました。またからかわれたら嫌だなと思って最初の頃は声もかけられなくて。そのうち一緒にいる仲間の人たちに『またあいつ来たぜ』『おまえ抱いてやれよ』って言われるようになって。その中に他校の女の子も何人かいたんですけど、皆気後れするくらい派手な子たちでした。私……今でもそうなんですが、当時は輪をかけて自分に自信がなかったから、すごく気まずくて、居たたまれなくて、もう茂樹君を追いかけるのはやめよう、どうせ無駄だからと何度も自分に言い聞かせたんです。でも、なかなか踏ん切りがつかず……」

佳人にもその場の様子や美樹の心境は想像に難《かた》くなかった。

今まで遥には聞き辛くて知ることができなかった黒澤茂樹という人物がようやく具体的に思い描けるようになった。俺とはあまり似ていない、と遥が言っていたのが、わかる気がした。顔立ちも性格も全然違ったのだろう。

「茂樹君が私にかまうようになったのは、周囲にあれこれ言われだしてからでした。でも、茂樹君は迷惑なだけで、私のことうるさがっていたんだと思います。だから、あんなこと……」

美樹は急に語調を暗くして、俯けていた顔をいっそう深く項垂《うなだ》れさせた。声からも張りがなくなり、ひどく言いにくそうにする。

「何かあったんですか」

佳人は自然と気を引き締め、美樹の様子を観察するように注視した。

膝の上で組んだ指を何度も曲げたり伸ばしたりするしぐさに、内心の動揺が見て取れる。必死に気持ちを落ち着かせようとしているのが感じられた。先ほどから佳人と目を合わせようとしなかったが、今はさらに頑《かたく》なになった気がする。表情を見られるのを避けたがっているようだ。

よほど話しにくいことなのだろう。

美樹はそれからしばらく言おうか言うまいか逡巡するように手だけそわそわと動かしていた。

ここは黙って待ったほうがいいと思い、佳人は美樹が心を決めるのを辛抱強く見守った。

やはり、無関係な佳人には話せないと思うのなら、遥がいるときに出直してもらったほうがいい。佳人は無理に美樹から話を聞くつもりはなかった。

そのちょっと突き放した佳人の態度が美樹の気持ちを逆に引きつけたのか、やがて美樹はボソッと消え入りそうな声で洩らした。

「……われて、妊娠して……子供がいるんです」

「えっ？」

最初のほうがよく聞き取れず、その後に出た言葉の持つ衝撃の強さに驚いて目を瞠《みは》り、佳人は聞き返した。

「今、なんとおっしゃいましたか？」

伏せたまま顔を見せてくれないので、美樹がどんな表情をしているのかわからず、ちょっと焦《じ》れったかった。相手の顔色が窺《うかが》えないと話がしにくい。佳人は当惑しながらも、精一杯冷静になれと自分に言い聞かせた。

「襲われたんです、茂樹君に」

もうここまで言ったからには、遠慮や躊躇いは無意味だとある意味開き直ったかのように、美樹は打って変わって強気になり、はっきりとした口調で言う。

にわかには信じ難かったが、顔を上げた美樹の目は真剣で、切羽詰まった感があった。

「調べていただければわかりますけど、私、高二の十月に中退しているんです。夏休み、茂樹君たちから『海に行こう』と誘われて泊まりがけで出掛けたとき、三人がかりで強姦されました。二人は私を押さえつけていただけで、実際私を襲ったのは茂樹君だけだったんですけれど」

そこで美樹は意を決した眼差しで佳人を真っ向から見据えてきた。

「本当は一生自分の胸に納めておくつもりでした。でも、娘が中学に上がってからは、私の給料だけではどうにもこうにもやりくりが難しくなってきて……。両親とは断絶状態で、援助は受けられません。代わりに子育てを手伝ってくれていた祖父母がいたんですが、先月祖母が亡くなり、祖父も現在介護が必要な状態で、お恥ずかしい話、困窮《こんきゅう》しています」

つまり、娘の父親になる茂樹の兄である遥に、金銭面での支援を求めに来たという訳らしい。

話はわかったが、それ以前に佳人は困惑していてすぐには返す言葉が見つからなかった。

いきなり遥に中学一年生の姪がいると言われても、どう反応すればいいかわからない。遥も話を聞けば言葉を失うだろう。血の繋がりがある人間がいきなり出現し、佳人以上に当惑するかもしれない。

「……よかったら、写真、ご覧になります?」

佳人が返事をする前に美樹はバッグを開けて、一枚の写真を佳人の手元に滑らせた。

見れば、制服を着た女の子が美樹と並んで立って写っている。中学校の校門前で入学式の日に撮ったものらしく、毛筆書きの立て看板が横にあった。

女の子は美樹にそっくりだった。愛嬌《あいきょう》があって可愛い。しかし、佳人は茂樹を知らないので、茂樹と似ているかどうかはわからなかった。

疑ってほしくないという美樹の強い気持ちは汲《く》み取れたが、佳人にはちょっと性急すぎる気がして、微《かす》かに違和感を覚えた。なんとなく、疚《やま》しいことがある場合のほうが言い訳を用意しがちな心理に近いものを、いきなり出された写真に感じたのだ。

「可愛いお嬢さんですね」

佳人は当たり障《さわ》りのない言い方をし、美樹に写真を返した。

思ったほどの効果がなくて、美樹は少しがっかりしたようだ。目に不安のようなものを浮かべ、探るように佳人を見る。

それが佳人の不信感を僅《わず》かながら強めさせた。

確信などは何もなかったが、佳人の勘が、これはひょっとすると慎重に話を聞いたほうがいいかもしれないと訴えていた。

むろん、美樹の前ではそんなふうに思ったことはおくびにも出さずに振る舞う。

「急に押しかけてきて、こんな話をして、本当にすみません」

美樹は深々と頭を下げ、情に訴えるように切々とした調子で続ける。

「今の今まで一言のお知らせもせず、さぞかしご気分を害されるかと思ったのですが、春が来れば二年に進級し、ますますお金がかかるようになります。私一人の力では娘に不自由をかけさせてしまうのが目に見えていて、それで、黒澤さんに少しだけ助けていただけないかと思い、お願いに上がりました」

「橋本さん」

佳人は美樹に声をかけつつも、この先をどう続けたらいいのかまだ迷っていた。

その話は本当なんですか、と喉元まで出かけたが、さすがにそこまでは言えなかった。

信じられないと一蹴《いっしゅう》するには、佳人は美樹のことも茂樹のことも知らなすぎた。茂樹に関しては、敦子の件があるので絶対にあり得ないとは言い切れない。むしろそんなことがあっても不思議はなかった。

この話を遥にすれば、おそらく遥は黙って美樹に金を渡すだろう。先ほどの写真を見れば、茂樹の血を引いているかいないか、遥なら判断がつくかもしれない。つかなかったとしても、血液検査をして証拠を求めるようなことまではしない気がする。気持ちの上で平気でいられるとは思えず、ますます弟のことで苦い思いを味わい、傷つくのではないかと心配だ。反面、姪がいることを喜び、今後は積極的に美樹母子と関わりたいと望むかもしれない。

「こんな話だとは想像もしていませんでした」

佳人は戸惑いを隠さずに言った。

「せっかく話していただいたのにお役に立てなくて申し訳ないのですが、この場で今おれが言ったりしたりできることは何もないようです。遥さんが帰国するまでお待ちいただいて、あらためてお話ししていただいてもいいですか」

「はい。私もそのつもりです」

つい突っ込んだ内容まで話してしまったが、同居人の佳人にどうこうできる話ではないと美樹も承知しているようだった。

「遥さんとは面識があるんですか？」

ふと気になって聞いてみる。

「いいえ、ありません」

美樹は再び顔を伏せ、視線を膝に落とす。

「以前から茂樹君がときどきお兄さんの話をするのを聞いていただけです。二年に進級してからは、お兄さんは自分より彼女にかまけている、と特に不満げでした。その頃、お付き合いされていた方がお兄さんのアパートに出入りするようになったみたいで、茂樹君、疎外感を覚えていたんじゃないかと思います。ひどい暴言を吐いていました」

茂樹は遥のアパートをちょくちょく訪ね、敦子とも面識があったらしい。話を聞くと、茂樹にはブラザーコンプレックスのきらいがあったようなので、遥に恋人ができたのは相当ショックで嫌だったのだろう。

それにしても、と佳人は茂樹の幼稚さとなりふりかまわない姿勢に嘆息する。

ひとたび口を開くと、言葉が次から次へと転がり出てきて止まらなくなったかのごとく、美樹は話を続ける。

「海に行って襲われた翌朝、私は一人先に帰ってきて、もう茂樹君たちのグループとはかかわらないと決意しました。茂樹君たちがお兄さんの彼女をひどい目に遭わせたのは、それからしばらくしてだったみたいです。私はそのことを、書店で偶然見かけたグループのメンバー二人が、喋《しゃ》っているのを聞いて知りました。茂樹の兄貴の彼女、いい女だったぜ、おまえも加わればよかったのに惜しいことしたな、って言っていました。一人は荷担した当人だったようです。自分の件があった後だったので、すぐになんの話か察しがつきました。この人たちの性根は腐ってる、どうかしていると恐ろしくなって。そのときはまだ妊娠しているとはわかっていなかったんですが、わかったときも茂樹君にはいっさい言いませんでした。その頃には、茂樹君、それまで以上に質《たち》の悪い人たちと付き合いだしていて、とても近づける状態じゃなかったし。子供がお腹にいると話したところで、堕《お》ろせと言われておしまいだったと思います」

「どうして……そうしなかったんですか。無神経な質問で申し訳ありません。当時高校生だったあなたが一人で産む選択をするのは、相当な覚悟がいると思ったものですから」

佳人が遠慮がちに聞くと、美樹は少し考えるように間を置いてから、ゆっくりと自分の言葉を嚙みしめるように、慎重に答えた。

「やっぱり、茂樹君のこと、好きだったからだと思います。あと、授かった命を殺すのが嫌だったんです。苦労するのはわかっていましたけど」

それはそれで佳人にも納得のいく返事だった。

強姦であれなんであれ、好きな男の子供を産みたい、育てたいという気持ちは理解できる。ましてや、妊娠がわかってすぐのタイミングで茂樹が事故死したとなれば、お腹の子供は形見のようなものだろう。

「勝手に娘を産んでおきながら、今になって茂樹君のお兄さんを頼るのは厚かましすぎると迷ったのですが、せめて高校まではなんとか出してやりたいんです。お兄さんが事業をされていて、ずいぶん成功されていることは以前から知っていました。できればこんなお願いはしたくなかったんですけど、背に腹は代えられなくて」

美樹は再度、テーブルに額が付くほど頭を下げた。

「遥さんが戻りましたらご連絡差し上げます」

佳人は美樹に約束し、今日のところは帰ってもらった。

*

黒澤茂樹に娘がいる——それが事実なら、すぐにでも遥に知らせなくてはいけない。

頭ではわかっているのだが、佳人はなかなか遥の携帯に電話をかけることができなかった。

橋本美樹が話したことをそのまま伝えていいものか、迷う。本来なら、ありのままを遥に告げて、あとの判断は遥に任せるのが佳人の務めだ。しかし、事が事だけに佳人は躊躇った。

敦子の他にも強姦した女性がいたのか、という驚きと苦い気持ちが込み上げ、遥が聞けば佳人が受けた以上の衝撃を受けるのではないかと慮《おもんぱか》った。ようやく茂樹との間にあった確執を乗り越え始めた矢先、また新たな失望とやり場のない怒りを味わわせることになるかもしれない。そう考えると、どうしても腰が重くなる。

茂樹と不良仲間、そして強姦――この三つが重なると、佳人は否応もなく敦子を思い出す。遥もきっと同じだろう。

それを佳人はどうにも平静に受けとめられずにいた。

狭量《きょうりょう》だ、自分本位すぎる、と非難されても反論できない。己のそうした矮小《わいしょう》さを認めた上で、佳人はできることなら遥にもう敦子のことを思い出してほしくなかった。これは完全な焼きもちだ。自覚している。

そこまで神経質になってしまうくらい、佳人は一昨年起きた事故で遥を失いかけたことをいまだに引きずっていた。すでにケリが付いた問題で、遥の気持ちが今は他の誰でもない佳人にだけ向けられていることは本人の口からはっきり告げられていて、佳人もそれを疑っていない。日頃は忘れているし、不安になることもないので、自分ではもう平気になったつもりでいた。だが、こうして敦子にも関係のある話が出ると、やはり動揺する。そんな自分と向き合わされて、まだ傷は癒えていないと思い知った。

敦子との過去は遥にとってもおそらく一生抱えていく傷だろう。敦子のことを思うたび、遥は無力だった学生時代の自分を責め、悔恨《かいこん》の思いに駆られるのではないか。

遥は無口で不器用だが、人一倍責任感が強く、情の深い男だ。敦子が茂樹たちに酷い目に遭わされたと知って、自分にできる限りの責任の取り方をするつもりでいただろうことは想像に難くない。それは、一昨年、遥が事故で変調を来《きた》していたとき、心配して様子を見に来た敦子と十何年ぶりに再会した際の接し方からして明らかだ。

遥に敦子のことを思い出してほしくないのは、佳人のエゴでもあるが、遥によけいな心労をかけさせたくないからでもある。

敦子を強姦した事実がある以上、美樹の話を頭から否定することはできない。かといって、鵜呑《うの》みにするにはどこか違和感があり、すんなり信じる気になれなかった。写真を見せられたとき微かに感じた、据わりの悪い心地と同じ感覚が、話全体をそこはかとなく覆っているとでも言えばいいだろうか。

うまく説明できないのだが、美樹の目つきや態度に、恐縮や緊張や恥じらいなどとは別の、疚しさやバツの悪さといったものがちらついていた気がして、それがしっくりこなかったのではないかと思う。

幸い、と言っていいかどうかわからないが、遥はしばらく帰ってこない。事が事だけに、少し独自に調べてみたかった。遥に話す前に佳人自身が気持ちの整理をつけておきたいのと、どうも美樹はまだ何か隠している気がしてならないので、そのへんをはっきりさせるためだ。

遥にこの件を告げるのは、遥が帰国してからにしようと決めた。今すぐ遥に話したところで、大事な取り引きを進めるためにタイやインドネシアを回っている遥には、どうすることもできないだろう。下手に気持ちを乱させ、煩《わずら》わせるのは避けたかった。美樹にも、二度手間になって申し訳ないが、話は遥が帰国してから直接遥にしてくれと頼んである。

美樹の発言の真偽《しんぎ》を定かにしたいのと同時に、茂樹の過去を掘り下げてみたい気持ちが佳人にはあった。

茂樹は遥のたった一人の弟だ。たった一人の肉親だったと言っても過言ではないと思う。遥が小学校に上がる前に父親が蒸発し、その後まもなく母親も遥たち幼い兄弟を置いて男と逃げた。二人は親戚の家をたらい回しにされて育ったと言う。そのとき世話になった叔父や叔母は健在らしいが、遥は彼らとは茂樹の葬式以来会っておらず、年賀状の遣《や》り取りすら断っている。一番長く世話になった先で、そのこと自体は感謝しているものの、遥なりにいろいろ思うところがあるらしく、親戚付き合いするのは抵抗があるようだ。

遥をもっと深く理解したければ、茂樹の存在を抜きにはできない。

今までずっと、遥に直接突っ込んで聞くのは遠慮していた弟のことを、佳人はこの機会に知っておきたいと思った。

茂樹のことを美樹との絡み共々調べるとすれば、高校時代の学友を捜すのが手っ取り早くて確実だ。しかし、佳人がコンタクトを取れる範囲で茂樹とその仲間を知っていそうなのは、敦子だけだった。

いくらなんでも敦子に聞くわけにはいかない。そう思って、いったんはその考えを払いのけたが、では他に方法はあるのかと自問自答し、さんざん逡巡した挙げ句、非常識だと非難される覚悟で当たってみるしかないと決意した。

敦子に会うのは大変勇気を要することだった。向こうもいい顔はしないだろう。佳人自身、二度とかかわることはないと思っていたが、心の奥底で密かに気になっていたのも事実だ。

今年の正月、敦子から遥宛に年賀状が来ていた。

干支《えと》にちなんだ図案が印刷された裏面に『お変わりありませんか。私は元気に勤めに励んでいます』と女性らしい綺麗な筆跡で綴《つづ》ってあり、『久保さんにもよろしくお伝えください』と書き添えられていた。遥は何も言わずに佳人にもそれを見せると、他の年賀状と一緒に漆器のはがき入れに仕舞った。

妙な符合だなと不思議な気持ちになる。よもや美樹のような女性が今になって自分たちの前に現れるとは思ってもみなかったし、そのことで敦子と再び会う決意をするとは、年賀状を見て複雑な心地になったときには想像もしなかった。おかげで敦子の住まいや連絡先はわかる。

翌日、佳人はデパートの地下で見繕った贈答用の菓子折を手に、敦子の自宅を訪ねた。

訪れる前に電話を入れたほうがいいだろうかと迷ったが、話の内容が内容だったし、電話をかけることのほうが会いに行くことよりさらに佳人には難しく、無礼を承知で直接訪ねることにした。そのときになって、美樹がやはり突然黒澤家を訪れた心境も、これと似た感じだったのだろうと思い至り、納得がいった。

日曜で、敦子がまだ以前と同じ衣料品関係の会社に勤めているのなら休みのはずだったが、朝からすっきり晴れた上天気だったので、ひょっとすると外出したかもしれない。無駄足になる可能性も踏まえた上で、年賀状に印刷されていた住所を訪ねた。

都の東部に位置する街で、下町情緒を感じさせる商店街を抜けた先に、敦子の住むマンションは建っていた。六階建てのそんなに大きくない建物だ。外壁の汚れ具合から築十年は経《た》っていそうだったが、共用部分の掃除は行き届いている。玄関はオートロックシステムで、インターホンの上部にカメラが付いていた。インターホンに応える前に来客者が確認できるので、会いたくなければ居留守を使って出ないことも考えられる。

敦子とは元々そんなに親しくしていなかったし、膝を突き合わせて話をしたのも一度きりだ。どう転んでも敦子にいい印象は持たれていないと思う。佳人のほうも、決して嫌いではないが、友達になりたいかと言われると、残念ながらそんな気は起きない。遥を間に挟んで密かな戦いを繰り広げた因縁《いんねん》のある相手、という意識が先に立ち、どうしても身構えてしまうのだ。

インターホンを押して、しばらく待った。

一分近く応答がなかったので、やはり留守か、もしくは相手が佳人だから出たくないのか、いずれにせよ今日のところは会えないようだと諦めかけたとき、『久保さん……？』と戸惑いを隠さない声が聞こえてきた。

佳人は緊張を高め、気を引き締めた。

「はい。ご無沙汰《ぶさた》しています。ちょっとお訊《たず》ねしたいことがあって、年賀状に書かれていたこちらの住所を訪ねました。連絡もせずにいきなり押しかけてすみません。……会っていただけますでしょうか？」

カメラを見て丁重に伺《うかが》いを立てる。

インターホンの向こうで敦子が躊躇い迷っている気配があった。

『ひょっとして、遥さんにまた何か……？』

それ以外に考えつけないが、佳人が遥のことを相談にくるなどあり得ない、と自分で自分の言葉を信じてなさそうに敦子は聞いてくる。

「遥さん自身に何かあったわけではありません。実は、遥さんに中学生の姪がいるかもしれないという話が急に出てきまして」

のっけから佳人は核心部分を敦子にぶつけた。唐突すぎるのは重々承知していたが、このくらい意表を衝いたほうが話が早いと思った。

『……え？』

敦子は佳人の言う意味がわからなかったか、聞き間違いでもしたのではないかと自身の耳を疑うかのような声を出す。

「今、遥さんは海外に出張していて家にいないんですが、昨日、茂樹さんの元同級生だという女性が訪ねてこられて、娘がいるという話をしていかれたんです」

『ちょっと待ってください。あの、久保さん、申し訳ないんだけど、マンションを出て左にしばらく歩くと交通量の多い通りに出ます。その通りを左に二百メートルほど行ったところにファミレスがありますから、そこにいてもらえないですか』

「わかりました」

『その店で十分ほど待っていてくださったら、私も後から行けると思います』

敦子の部屋に上がるより、店で会うほうが佳人も気を遣わずにすむので都合がよかった。

ファミリーレストランはすぐにわかった。

午後二時すぎで店内はピーク時よりは若干落ち着いた様子で、ほぼ満席に近かったが待たされることなく席に案内してもらえた。

約束通り敦子はちょうど十分経った頃やって来た。

ミドル丈のツイードのコートを脱いで佳人の向かいに腰掛ける。セーターにスラックスという飾り気のない服装で、以前は長かった髪は肩のあたりまでのセミロングに変わっていた。化粧も薄くて、休日に自宅で寛いでいたところを、とりあえず外に出られるように支度したといった雰囲気ではあったが、やはり美しかった。すっと背筋を伸ばしてビニールレザー張りのベンチシートに座る姿は凛《りん》としていて清々しい。理知的で品のある女性だ。久しぶりに敦子と会って、あらためて素敵な女性だと思った。だから、遥がもう一度敦子のことを好きになったとしても不思議はない気がして、胸が不穏《ふおん》に騒ぐのだ。

「こんにちは」

敦子は佳人の顔を見て、心持ちはにかみながら、礼儀正しく挨拶《あいさつ》する。

「お久しぶりです」

実際にこうして敦子と向き合うと、佳人の心は予想していたより落ち着いていた。もっと感情を乱されて、うまく話せないのではないかと不安だったが、いざとなると腹が据わって冷静になれるのが我ながら不思議だ。それは敦子も同じで、佳人が想像していたよりも遙かに平静で、蟠りなど持ち合わせていないように見えた。

「すみません、せっかくの休日に」

「いいえ、いいのよ。本を読んでいただけだから」

敦子は屈託なく言い、オーダーを取りに来たホールスタッフに紅茶を頼んだ。

休みの日に家で読書をしていたということは、まだ新しい恋人はいないのだろうか。敦子自身が今どうしているのかもずっと気になっていたため、佳人は敦子の様子や発言から想像を巡らさずにはいられない。

気にはなるが、面と向かって聞くのは不躾《ぶしつけ》すぎる気がして控えるつもりでいたのだが、敦子のほうからさりげない口調で言い出した。

「私のほうは取り立てて変わったこともなく過ごしているけれど、久保さんはあれからまたいろいろあった？」

えっ、と目を瞠った佳人に、敦子は思慮深そうな眼差しを向けてくる。確かに、敦子と会わなくなってからも大きな出来事がいくつかあった。何も知らないはずの敦子にさらっと言われて驚いた。勘のいい人だとあらためて思う。

「気に障ったらごめんなさい。なんだか、久保さんが前よりぐっと大人っぽくなった気がしたものだから。元々しっかりされていたけれど、ますます頼り甲斐《がい》が増して、自信が漲《みなぎ》っている感じがするわ。短期間でまた一回り大きくなったみたい」

「いや、おれは相変わらずですよ。おっしゃるとおり、気持ちの上でも実生活的にも変化はありましたが、全部成り行きに任せた結果で、自分だけの力でできたことなんて何もないんです」

自分でも精一杯努力はしたし、謙遜《けんそん》することが美徳だとは思わないが、敦子の前ではどうしても遠慮や気兼ねが先に立つ。

「遥さんとは、ずっと一緒に暮らしているんでしょう？」

「あ……、はい。それは変わりません」

そう、と敦子はにっこり微笑んだ。

佳人が敦子の立場だったなら、聞きたくても聞きにくいので躊躇いそうな質問を早々にされ、なんと答えるか迷った。しかし、結局、他に返事のしようがなくて事実をそのままに告げた。

敦子はなんの凝《しこ》りもなさそうに微笑んでみせたが、やはりどこか寂しげでせつなそうな翳《かげ》りがそこはかとなく感じられたのは、佳人の気のせいではないだろう。

佳人は思い切って敦子自身のことにも水を向けてみた。

「今もずっと同じ会社にお勤めですか？」

「ええ。勤続十年越えたわ。慣れているし、好きな仕事だから、このまま勤められる限り勤めるつもりよ」

今、付き合っている人は……とは聞けなかった。喉まで出かけたが呑み込んだ。

「それより、さっきおっしゃったことだけど」

敦子は互いの近況を簡単に知らせ合うと、さっそく本題に入った。

必要以上に感傷に流されない捌《さば》けたところも、見た目の知的さを裏切らない。芯が強くてクールな女性だと思う。

佳人もすぐに気を取り直す。

「遥さんに姪がいるかもしれないって、つまり、茂樹さんが娘さんを残して亡くなっていたということ？」

「はい、そうらしいんです」

佳人は昨日、橋本美樹が突然訪ねてきて言ったことを敦子に話した。遥が海外出張中で木曜日の夜まで戻らないことも告げる。

「こんな話、田村さんにするのは筋違いだし、きっと嫌な思いを……」

「いいえ、そんな気遣いは無用よ」

敦子は佳人の言葉を硬い表情で遮ると、心を落ち着かせるようにふっと一つ息をつく。そして佳人の目をしっかりと見て、「やっぱり久保さんも知っているのね」と言う。

「……はい」

この期《ご》に及んで知らない振りをしたところで無意味だと思い、佳人は正直に肯定する。

「まだ遥さんと今のような関係になる前ですが、茂樹さんの墓参りについて行って、そこで絶縁したまま亡くなったという話を聞きました。そのとき、そうなった原因もちらりと話してくれたので……知っていました」

よもや、その遥の元彼女と、およそ一年半後に顔を合わせることになるとは、話を聞いたときにはちらりとも考えなかったが。

「すみません」

知っていて今まで黙っていたことがわかって敦子が気を悪くしたのではないかと思い、佳人は頭を下げた。

「久保さんが謝ることはないわ」

敦子はかえって困ったように眉根を寄せる。

「茂樹さんとの件は、もうずいぶん前に私なりに気持ちの整理がついているの。だから気にしないで。もちろん、まったく動揺しないと言うと嘘になるけど、いつまでも引きずっていたら自分が不幸になるばかりだと考えるようになってからは、ぐっと楽になれたの」

無理をしている感じは受けなかったので、佳人も少し肩の力を抜くことができた。

「私、茂樹さんとは三度か四度顔を合わせたことがあるくらいで、今考えても、あのときなぜ、遥さんから伝言を頼まれた、なんて言う茂樹さんの言葉を信じたのか、自分でも不可解なの」

敦子は冷静な口調で続けた。

「遥さんの部屋に遊びに行ったとき、茂樹さんが来ていて私と入れ違いに帰ったり、反対に、ちょっと寄ったと言ってふらっと来たりしたことがあって、仲のいい兄弟だなと思っていたの。どちらかというと遥さんはそっけないんだけど、遥さんて元々誰に対してもそういう態度を取る人でしょう。弟さんのこと、遥さんなりに可愛がっていたと思う。でも、弟さんのほうは遥さんにもっとかまってほしかったみたい。私、恨まれていたんでしょうね。そのときは気づけなかったけれど」

佳人は口を挟まずに、ときどき目で相槌を打ちながら話を聞いた。

「たぶん、私、茂樹さんに認めてほしかったというか、茂樹さんとも気さくに話せるような関係になりたかったのね。よく思われていないのを肌で感じていたから、このままじゃ嫌だな、どうにかして打ち解けられないかなと、きっかけを探していたの。それで、うっかり呼び出しに応じてしまったのかもしれない。冷静になって考えたらいろいろおかしなところがあったのに、茂樹さんを疑うことのほうが悪い気がして遥さんの部屋に行ったの。茂樹さんの交友関係なんて知らなかったから、まさか、あんな怖い人たちの仲間だなんて思いもしなかった」

茂樹は仲間二人と三人がかりで敦子を襲ったと聞いている。

「どちらかといえば、仲間の一人が首謀者で、茂樹さんを焚《た》きつけたような感じがしたけど、そう言っても遥さんは襲った全員同罪だと一刀両断して、茂樹さんと縁を切ったの。茂樹さんは弁解も謝罪もしなかった。どうにでもなれと自棄《やけ》を起こしていた気もするわ」

その結果が他の不良グループたちとの争い、そしてバイクによる事故死に繋がったのだとすれば、敦子の受けた衝撃は佳人には想像もつかないほど大きかっただろう。憎悪や嫌悪と同時に自分自身を責める気持ちもあったかもしれない。

「茂樹さんたちに襲われたあとも、遥さんは、私への態度はいっさい変えなかったし、私を責める言葉は一言も口にしなかった。私も早く忘れようと努力していた。でも、僅か二ヶ月後に茂樹さんが事故で亡くなった。無口な人が輪をかけて喋ってくれなくなって、二人でいるとぎくしゃくするばかりで空気が重くて。一緒にいるのが本当に辛かった。それで、私、逃げてしまったの。サークルを辞めて、遥さんとの接点をなくして。遥さんも追いかけてこなかった。本当は追いかけてほしかったのに、そうはならなかった。遥さんにも余裕がなかったんだと今ならわかるけれど、当時は私も若くて、自分のことしか考えられないところがあったから、追いかけてくれない遥さんにがっかりしたの。しばらく会わないまま冬期休暇に入って。実家に帰省する前に遥さんに電話をかけて、もう無理ね、って言ったの。遥さん、ずっと黙っていた。最後まで引き止めてはくれなかったのよ。それが私ショックで。あんなことがあった以上、引き止めたくても引き止められなかったんだと気づくのに何年もかかったわ。私が馬鹿だったの」

胸の痞《つか》えを取るように敦子は話す。

今までずっと心の奥に仕舞い込んでいたものを、ようやく吐き出すことができたようだ。もしもそれで敦子が少しでも重荷を下ろせたのなら、勇気を振り絞って会いにきてよかったのかもしれない。己の行動の是非《ぜひ》を自問自答しながら敦子と向き合っていた佳人は、話を聞くうちにだんだんとそう思えてきた。

「私が茂樹さんについて知っているのはこの程度よ」

敦子は佳人の顔を真っ向から見て言う。

「あまりお役に立てそうになくて申し訳ないけれど」

「いえ、おれとしては、茂樹さんの話が聞けただけでありがたいです」

遥に黙って茂樹のことを調べようと思い立ったものの、取っかかりになるのは敦子以外心当たりがなかったので、なんであれ話してもらえて助かった。遥からも聞いたことのない茂樹という男の人物像が少しずつ明らかになってきていた。

「昨日訪ねてきた元同級生の女性って、どんな方？」

ふと、敦子が何か思い出したような顔をして聞いてくる。

「おとなしそうな感じの、小柄な女性でした。派手さはないんですが、服装も態度もきちんとしていて……なんと言ったらいいかな、優等生タイプというか」

「だったら、違うかしら……」

佳人の返事を聞いて、敦子は自信なさそうに首を傾ける。

「一度、街を歩いていたときに、偶然茂樹さんと会ったことがあるの。そのとき茂樹さん、同い年くらいの女の子と一緒だったわ。『こんにちは』って挨拶したら、茂樹さんは嫌そうな顔をしてそのまますれ違っていこうとしたんだけど、腕を組んでいた女の子が愛嬌のある明るい子で、立ち止まって『こんにちは』と返してくれたの」

誰、と興味津々な様子の女の子に、茂樹はぶっきらぼうに「兄貴の彼女」だと敦子のことを教えたそうだ。

「あっ、そう、思い出した」

佳人に話すうちに記憶がより鮮明になってきたらしく、敦子はポンと手のひらを拳《こぶし》で打つ。

「その女の子は『私、トウコです』と名乗ったわ。美樹さんではなかったわね」

「トウコさん、ですか」

愛嬌のある明るい子、という時点で美樹ではなさそうだと思っていたので、佳人はがっかりはしなかった。むしろ、名前がわかったことで、彼女を捜して話を聞けば、当時の詳しい事情が明らかになるかもしれないと希望を持った。

「私、友達に同じ名前の人がいるの。名乗られたとき、知り合いと同じだと思った記憶があるのを今思い出したわ。あと、彼女、東南《とうなん》女学院の制服を着ていた。だから、美樹さんや茂樹さんとは同じ高校の子じゃないわね」

東南女学院——佳人は聞いたことがないが、調べればすぐわかるだろう。

「私立校よ。普通科と商業科が併設された学校なの。茂樹さんが他校の学生とつるんで遊んでいたというのなら、彼女もその仲間だった可能性はあると思う。美樹さんのことも知っているかもしれないわ」

「わかりました。田村さん、どうもありがとうございます」

「こちらこそ、ありがとう、久保さん」

敦子も佳人に礼を言う。

「話せてよかったわ」

ずっと気になっていた、と敦子は正直に打ち明けてきた。

「最後は置き手紙一枚という失礼な形で立ち去ってしまって、この一年半近く、後悔と自己嫌悪に駆られて過ごしてきたの。あのときは、本来の関係に戻ったお二人に会うのが辛くて、私、また逃げてしまった。情けないやら恥ずかしいやらで落ち込んだわ」

「逃げたというなら、おれも一度は逃げましたから。おあいこです」

佳人のほうこそ、遥が敦子と縒《よ》りを戻すのならばと身を引く決意をし、家を出た。やむにやまれぬ心地だったとはいえ、あれはやはり逃げだった気がする。あのときほど苦しかったことはかつてない。思い出すたびに胸が引き絞られるように辛くなる。だが、こうして敦子と腹を割って話せたことで、ずいぶんすっきりした。

「おれも、話せてよかったです」

「久保さんが勇気を出して私に会いに来てくれたこと、感謝してるわ」

敦子は、佳人がただ無神経に訪ねてきたのではないと承知していた。どれほどの決意と、厚顔《こうがん》無恥《むち》になる努力が必要だったか察してくれており、佳人は安堵《あんど》した。

「最近やっと次の恋ができそうな予感がし始めたところだったの。その矢先に久保さんが計ったようなタイミングで訪ねてきて、驚いたわ。もういい加減過去にケリをつけなさい、って誰かに背中を押されているみたい」

「好きな人、できそうなんですか……?」

聞いていいかどうか迷ったが、聞きたい気持ちを抑えられず、遠慮がちに質問する。

敦子はクスッと小さく笑い、ティーカップを持ち上げた。

「秘密」

そんな茶目っ気のある返事が敦子の口から出るとは思ってもみなかったので、佳人は一瞬虚《きょ》を衝かれた。

「まだわからないわ」

紅茶を一口飲んでから、敦子は言い直す。

柔らかな微笑みを湛《たた》えた口元を見て、まんざらでもなく思っている相手がいるんだろうな、と察せられて、佳人は嬉しかった。

敦子には絶対に幸せになってほしい。

遥もきっとそう願っているはずだ。

「今日はどうもありがとうございました」

「どういたしまして」

ファミリーレストランを出たところで佳人は敦子と別れた。

お互い、また会いましょうなどという言葉は口に出さなかったし、遥によろしく伝えますとか、伝えてください、といった会話もしなかった。

おそらく佳人は今後もう敦子には会わないだろう。

それがたぶん一番いいと、敦子も同じように考えたに違いなかった。

*

手がかりはトウコという女性だけだったが、茂樹と一緒に遊び回っていたらしい女性の名前がわかっただけでも敦子に会いに行った甲斐はあった。

ただ、ここから先は佳人一人ではどう調べればいいのか皆目《かいもく》見当もつかない。手がかりは、十四、五年前に東南女学院高校に在籍していたということだけだ。下の名前だけから現在本人がどこにいるのか捜し出すのは素人《しろうと》には難しかった。

佳人の知り合いで、こういう調べものが得意そうなのは、二つ年上の親友、貴史《たかふみ》だけだ。

貴史は、本業は弁護士だが、大学時代にアルバイトで探偵事務所の調査員をしていたことがあるという、ちょっと変わった経歴の持ち主だ。事務所の所長から、卒業後は社員にならないかと誘われたくらい有能だったようで、勉強ができるだけの真面目一辺倒《いっぺんとう》の男ではない側面が窺える。頭の回転の速さと、度胸のよさを併《あわ》せ持っていて、おそらくそのあたりに大物ヤクザである東《ひがし》原《はら》も惹《ひ》かれたのだろう。

こんなときばかり貴史を頼るのはどうかと迷う気持ちもあったが、自分でどうにもできないのであれば、いずれにしろ探偵を雇うことになる。それならば、貴史に一言相談してからのほうがいい気がした。貴史の手に余るようならば、どこか信用のおける探偵事務所を紹介してくれるかもしれない。貴史は、できないことはできないとはっきり言う男なので、この段階で佳人が勝手に結論づけるより、聞くだけ聞いてみたほうがいい、と最終的に決意した。

敦子と別れたあと、佳人は貴史の自宅の最寄り駅である荻窪《おぎくぼ》の駅まで行き、貴史の携帯に電話をかけた。相談したいことがあるので、もし時間が取れるようなら、これから一緒に食事をしながら聞いてもらえないですか、と伺いを立てると、貴史は二つ返事で承知した。もう荻窪の駅まで来ていると言うと、驚くと同時に相談の内容が軽い話ではないことを察したようだ。すぐに行きます、と返事があった。

「久しぶりですね、佳人さん」

自宅でゆっくりしていたらしい貴史は、スラックスにセーターというラフな姿で、珍しくダウンジャケットを着ていた。

「今日もお仕事だったんですか？」

「あ、いえ、ちょっと気を遣う方とお会いしてきたので、こんな格好です」

佳人はチャコールグレーのスーツにタートルネックセーターを合わせ、いつも着ているトレンチコートを重ねた、少し畏《かしこ》まった服装だった。

貴史は黙って頷き、「ビストロみたいなところでいいですか」と聞いてきた。

「もちろんです」

佳人が返事をすると、貴史は駅から南西に伸びる商店街にあるこぢんまりとした店に連れていってくれた。

日曜日の夜だが、近隣の住民が常連になっている店らしく、運良く一つだけ空いていた席に着くことができた。

まずグラスシャンパンを頼んで軽く乾杯し、すぐに出してもらえる前菜の盛り合わせを取り分けて食べながら話をする。

「遥さんの弟さんが生前お付き合いされていた女性が訪ねてきたんですか」

佳人の話を聞いて貴史も少なからず驚いていた。

「どうしてまた急に？」

「たぶん遥さんも与り知《あずか》らない事情があって、その方は遥さんに援助を頼みたいようなんです。

遥さんがいくつも会社を経営していて、どれも軌道に乗って成功していることは前からご存知だったみたいで」

「ひょっとして、脅されているとか……？」

貴史は眉根を寄せ、遠慮がちに聞いてくる。佳人が折り入って相談したいことがあるような言い方をしたので、まずそれが頭に浮かんだようだ。

「脅されてはいないんですが、彼女の話がもし本当なら、遥さんはできる限りのことをしなければと考えると思うんです」

「つまり、佳人さんはその方の話を信じ切れずにいるわけですね？」

「実は、そうなんです」

人を疑っていることを認めるのは、下手をすると自分自身の人格を問題視されるのではないかという恐れがあって、なかなか勇気のいることだ。相手が気心の知れた貴史だから、佳人は素直に肯定した。茂樹の子供がいるかもしれないという話の内容自体は貴史にも伏せておきたかったので、それ以外のことで偽ったりごまかしたりはするまいと決めていた。

「遥さん、今、海外だと言いましたよね。この件、遥さんには内緒で調べたいんですか？」

さすがに貴史が相手だと話が早かった。貴史は佳人と遥をよく知っていて、様々な事情に通じている。本題を切り出す前から、佳人が自分に持ちかけてくる相談がどういうことなのか察したとしても不思議はなかった。

「茂樹さんのことを知っているらしい女性を捜したいんです」

佳人は敦子から聞いたトウコの話を貴史にした。

「驚きました。佳人さん、今日会いに行った方って、田村敦子さんのことだったんですか」

貴史はまずそれが意外だったようで、佳人の顔を穴が空くほど凝視する。無理もない。貴史には、遥を間に挟んで敦子とぎくしゃくしていた際にさんざんお世話になった。遥の家を出ると決めたときには同居までさせてもらい、ずいぶん励まされた。結局、敦子が黙って身を引く形でけりがついていたので、今になって佳人のほうから敦子とかかわりを持つとは思ってもみなかったのだろう。

「よくそこまでする気になれましたね」

「ようやく忘れかけていた頃かもしれないのに、会いに行くのはどうなのかとすごく迷ったんですけど……結果的には、これでお互い本当に踏ん切りがついた感触を受けたので、よかったかなって。他に茂樹さんを知っている人がいなかったから、というのは、もしかするとただの口実だったのかもしれません。帰りの電車の中でいろいろ考えていたら、そう思えてきました」

「ええ。佳人さんはどちらかというと、うやむやなまま物事を放っておくのは好きじゃないみたいだなと僕は前から感じていたので、そっちのほうが納得がいきます」

ずばっと貴史に言われ、佳人は「そ、そうですか……」とたじろいでしまった。確かに、わからないことがあったり、疑問が生じたりすると、そのままにしておけないほうかもしれない。両親が亡くなった際の真相を追究したときのことを脳裡に浮かべ、あれもそうだったと思う。

「気になることがあると、じっとしていられないんですよね。僕もそういうところがあるから、わかります」

貴史はふっと柔らかく微笑んで、佳人を見る目を細くする。

「そのトウコという女性、僕のできる範囲で捜してみますよ」

「いいんですか」

話をしている間、貴史の反応は佳人が想像した以上に芳《かんば》しくなかったので、てっきり断られるだろうと諦めかけていた。茂樹のことで遥を訪ねてきた女性のことは、遥にすべての判断を任せるのが筋だと諭され、自分はいっさい手伝わないと言うかと思っていた。

「僕が断っても、佳人さん、すんなり諦めないでしょ?」

「どうかな……」

佳人は貴史に見破られていると思いつつ、歯切れの悪い返事をする。

貴史は目で笑いながら釘を刺す。

「言っておきますが、僕は手放しで賛成じゃないですよ。客観的な立場から言えば、佳人さんが遥さんに内緒で動くべきじゃないと思います」

「じゃあ、どうして?」

佳人はバツの悪い心地を覚えながら問い返す。

「きっと佳人さんは、遥さんのためによかれと思って調べようとしているんでしょう。その気持ちはわかりますよ。僕は佳人さんが好きだから手を貸すんです」

貴史の率直な言葉に、佳人はありがたさと面映《おもは》ゆさを感じ、胸が熱くなった。

「彼女の言うことが本当なら……遥さんにとっては悪い話というばかりではない気がするんです。複雑ではあると思うけど」

家族や親戚といった繋がりが希薄な遥に姪ができるのは、むしろ喜ばしいことかもしれない。そういう考え方もできると思って佳人は言った。

「でも、もし嘘をついているんだとしたら、遥さんを傷つけるだけだから、おれはそれが嫌なんです。すみません、はっきりしたことは打ち明けられないくせに、こんな中途半端な言い方して」

「それは別にいいんですよ。僕は人捜しを手伝うだけです。遥さんのプライバシーに触れるようなことは、赤の他人の僕が遥さんに無断で聞かないほうがいいです」

貴史にきっぱりと言われ、佳人は恐縮した。佳人にはまねできない割り切り方だ。

「トウコさんの連絡先がわかったらお知らせします。遥さんは木曜の夜に帰国するんですよね。その前にはいい報告ができるといいんですが」

「ありがとう、貴史さん。おれにもできることがあれば言ってください。方法や手段さえわかれば、おれのほうでなるべくやりますから」

「ええ。そのときはお願いします」

佳人のことが好きだから手を貸すと言ってくれた貴史の気持ちが嬉しかった。

この恩はいつかなんらかの形で返さなければと胸に刻みつける。

「貴史さんのほうは、その後、東原さんとはうまくいっているんですか？」

思ったより早く本題が片づいたので、その後は普段通りの会話に花を咲かせた。

「相変わらずですよ。でも、少しずつ東原さんに対する理解が僕なりに深まっていっているので、進歩はしているかなと思います」

「同居はやっぱり難しいんですか」

よけいなお世話だとは承知していたが、佳人は聞かずにはいられなかった。なんとなくそういう話がチラチラ出ているようなのに、いっこうに具体化する気配がないのが他人事ながら焦れったい。貴史のほうに躊躇いがあるのなら、一度話を聞いてみたいと思っていた。

「うーん……その気になれば、できないことはないですが」

貴史は自分のことになると急に歯切れが悪くなる。奥歯に物が挟まったような言い方に、佳人は首を傾げた。

そんな佳人の、わけがわからないといった反応を見て、貴史は面目なさげに目を瞬かせる。

「建前としては、今住んでいる場所は仕事場に近くて便利だとか、それらしい理由はいろいろあるんですが、本音は少し違います」

言いにくそうではあったが、貴史は佳人には隠し事をする気はないらしく、訥々《とつとつ》とした口調で続ける。

「僕があの人の持ち家のいずれかに住むことにしても、あの人自身はたぶん今の生活を変えないんじゃないかと思うんですよね。変えないのか、変えられないのかは、わかりませんが。都内だけでも五、六ヶ所自宅があって、だいたい毎日帰る家が違うようです。それじゃ同居にならない。今と同じことでしょう」

「……確かに」

佳人が想像していた以上に東原の生活スタイルは一般人と違っていて、自分から貴史に聞いておきながら、気の利いた返事の一つもできなかった。

「そう考えたら、今のままでも別にいいかなと、二の足を踏んでしまうんですよね」

「東原さんにこの話をしたことはあるんですか」

「ないですよ」

まさか、と貴史は虚を衝かれた顔をする。

「言えないですよ。だって、女々しすぎませんか」

「ええ？　そうかなぁ。おれだったら寝る前にぽろっと言っちゃいそうですけど」

「そ、それは相手が遥さんだからでしょう……！」

話が艶めいてきた途端《とたん》、貴史は落ち着きをなくしてぎくしゃくし始める。

「だけど、佳人さんだって少し前までは遥さんにいちいち意地を張っていたじゃないですか」

「えー……そんなことなかったと思いますけど」

「いや、ありましたよ」

何言っているんですか、と貴史に唖然《あぜん》とされて、佳人もさすがに身に覚えがないとは言い抜けられず、きまりの悪さにじわりと頬を赤らめた。少し残っていたシャンパンを飲んでごまかす。

なんでも言い合える仲の友人がいるのはとてもありがたい。貴史とは際どい話や耳に痛い話をときどきするが、お互い相手を不快にさせたり傷つけたりしないように節度は守るので、それで関係が悪くなることはない。これから先も、貴史との仲に亀裂が入るような事態が訪れるとは夢にも思わなかった。

佳人は貴史を揶揄したり、逆に貴史からやり込められたりしながら、ビストロでの食事を楽しんだ。

トウコを捜してもらうための費用は払うつもりでいたのだが、貴史は実費だけあとで請求しますと言って、それ以外のお金は受け取ってくれそうになかったので、食事代を佳人が持った。

「遅くとも明後日までには何かお知らせできるようにしますね」

ちょうど今、本業のほうが一段落したところで、時間は取れると言う。

「千羽《ちば》さんが事務所に来てくれてから、僕の仕事は三分の二にまで減りましたよ」

「見るからに優秀そうな方でしたからね」

佳人は一度だけ会ったことのある千羽敦彦《あつひこ》の才気走った神経質そうな顔を頭に浮かべた。性格はかなり癖があり、付き合いやすい男ではないようだったが、貴史はアシスタントとして雇った彼とどうにかうまくやっているらしい。

駅で貴史と別れて、佳人は家に帰った。

普段から広いと感じている家に一人で寝起きすると、寂しさが身に沁みる。

遥が戻るまであと四日もあるのか、と佳人はダブルベッドに横になったとき、指を折って数えて嘆息してしまった。

遥が戻ったら戻ったで、美樹の話を伝えなければならず、その前に最低限のことは調べておきたいと焦る気持ちもある。

早く四日経ってほしいような、まだもう少し時間が欲しいような、複雑な心境だった。

＊

トウコについてだいたいのことはわかった、という知らせを受けたのは、貴史が希望的観測で言っていたとおり火曜日だった。

夕方、貴史からメールが届き、調べたことが報告してあった。

それによると、トウコのフルネームは持田桐子《もちだとうこ》と言って、都内で一人暮らしをしているとのことだった。東南女学院高校から東南学院大学に進学し、二十三歳のときに一度結婚したが、半年で別れ、以来ずっとホステス業で生計を立てている。数年前、銀座《ぎんざ》のクラブにスカウトされて、現在もそこで働いているという。

現住所と、勤め先の店の名前と所在地、そして本人の近影らしきものまで送ってくれていた。短時間の間にどうやってここまで調べられるのか、佳人はあらためて舌を巻く。おそらく、昔一緒に働いていた頃の仲間内に伝手《つて》があるのだろうが、それにしても素人技ではないと感心するばかりだ。

貴史に丁重にお礼のメールを返信し、そこに、また近いうちに食事に行きましょう、好きなものをご馳走《ちそう》します、と書き添えた。

佳人はさっそく桐子が勤めている銀座のクラブ『Manon』をインターネットで調べてみた。銀座のクラブと言われるとどうにも敷居が高そうで、いきなり訪れて大丈夫なのかと不安になったのだが、案の定『Manon』は会員制の店らしい。会員制と言っても最初に訪れたときにボトルを入れて会員になれば大丈夫という店も多いようだが、佳人はそれでもちょっと二の足を踏む。

店ではゆっくり話せないかもしれないと危惧したこともあり、明日の昼にでも自宅に電話をかけて事情を話し、都合のいいときにどこかで会ってもらえないか聞いてみることにした。警戒されて会ってはくれないかもしれないが、電話で話ができるだけでも御《おん》の字だ。

その晩、風呂から上がって寝支度をしていたら、遥から国際電話がかかってきた。

『そろそろ寝る頃だったたか』

電話越しに聞く遥の声は胸が震えるほど色っぽく、佳人は一言耳朶《じだ》を打たれただけで官能を刺激され、脈が上がって狼狽《うろた》えた。

一週間も離れているのだから、その間に一度くらい声が聞けたらいいとは思っていたが、遥は日頃から口下手で、電話ではさらにその傾向があるので、たぶんかけてこないだろうと期待しないようにしていた。

嬉しすぎる不意打ちだ。最初の驚きが去っても、高まった胸の鼓動はなかなか静まらない。

「はい。戸締まりをして二階に上がってきたところでした。遥さんは、今確かバンコクにいるんでしたよね？」

スリッパを脱いでベッドに上がりながら佳人は答えた。

ギシッと微かにスプリングが軋《きし》む。おそらく遥の耳にもその音が届いただろう。

『ああ。さっき打ち合わせを兼ねた食事から戻ってきた』

タイと日本の時差は二時間だ。今、日本が十一時なので、遥のほうは九時ということになる。

「じゃあ、今からお風呂ですか」

『これを切ったらな。おまえは、もうベッドの中か』

「本当はもう一仕事してから寝るつもりだったんですが、遥さんがこうして電話してきてくれたので、仕事どころじゃなくなりました」

『どうせすぐ切るぞ』

遥は照れ隠しのようにぶっきらぼうに言う。

その仏頂面《ぶっちょうづら》が見えるようで、佳人はクスッと小さく笑って、忙しなく鳴る胸を手で押さえた。

「そんなつれないこと言わないでください。せっかく海外にいる遥さんと繋がっているのに」

期待していなかった分、佳人には遥が電話をしてきてくれたことがサプライズプレゼントのように嬉しくて、すぐには切りたくない心境だった。

『電話なんかより、明後日帰ってから繋がったほうがいい』

ときどき遥は素でさらりとすごい発言をする。本人はたいしたことを言っている自覚がないようで、こんな大胆なセリフを口にするときもむすっとしたままだ。言われたほうがどれだけ心臓をバクバクさせているかなど頭を掠《かす》めもしないのだろう。

佳人は一瞬息が詰まりそうになって、すぐに返事ができなかった。

下腹部が疼《うず》き、湯上がりの肌がいっそう火照《ほて》りだす。

遥は狡《ずる》い。数え切れないほど何回も佳人を抱いて弱みを知り尽くしているくせに、そんなことは与り知らぬとばかりの無頓着さで、海の向こうにいながらにして佳人を昂《たかぶ》らせる。下腹にズンと響くセクシーな声と、思わせぶりな言葉だけでそれをやってのけるのだから、たまったものではない。

「おれ、明後日まで待てなくなりました。遥さんのせいですよ」

佳人は湿った息を洩らすと、手にしていた固定電話の子機をスピーカーホンにして枕元に転がした。枕をクッション代わりにしてヘッドボードに背中を預けた姿勢で、掛け布団を太股のあたりまで押し下げる。

『待てるも待てないもないだろう。どういう我が儘《わがまま》だ、それは』

おまえらしくもない、と遥が呆《あき》れたように言う。

遥の顰《しか》めっ面を脳裡に浮かべながら、佳人はパジャマのボタンをするすると外していき、あっというまに裸の胸板を露《あらわ》にする。

電話の向こうの遥は、よもや佳人がそんなしどけない姿になって、一人で欲情しているとは思いもしないだろう。

『留守中、変わったことはないか？』

「……ええ」

一瞬全身に緊張が走り、どう答えるか迷ったが、最初に決めたとおり遥に美樹のことを話すのは今はやめておくことにした。夕方、貴史から桐子の現況についての報告を受け取っていたのが佳人の背中を押した。そうと意を固めても、嘘をつくのは心臓に悪く、躊躇いを押し切って応く返事をするのが精一杯だった。ごめんなさい、と心の中で遥に謝る。

『おまえ、一人でもちゃんと食事しているだろうな？』

遥は佳人の言葉を疑った様子もなく、すぐに話を変えた。

佳人はホッと胸を撫で下ろす。

「してますよ。遥さんこそ、忙しさに紛れて昼ごはん抜いたりしてないでしょうね？」

『ああ。おまえがうるさいから、昼も何か口に入れるようにしている』

「引き継ぎをした際、香々見《かがみ》にも、くれぐれもよろしくと念を押しましたから」

なんということはない会話をしつつ、佳人は自らの手で上体を撫で回し、肩や首、脇などに触れては、火照った肌を慰める。

『あいつも、ずいぶん秘書らしくなってきた』

遥が新しい秘書の話をすると、佳人はやはりまだ微かにチリッと妬《や》けてしまう。自分で始めた事業に専念するために辞めさせてもらうと決めたのは、他でもない佳人自身だが、遥の傍《かたわ》らで世話を焼けた秘書業にも未練がある。我ながら相当な欲張りだ。プライベートでは同居までしていて、こうした出張のとき以外は、遥は常に佳人の横で寝てくれるというのに。

「……遥さん」

胸板をまさぐる手で乳首に触れて、佳人はビクン、と肩を揺らす。

全身どこもかしこも感度のいい佳人の体は、自分で愛撫しても快感を拾い集めて反応する。

特に感じやすい乳首は、指の腹で軽く撫でてただけでみるみる肉芽を膨《ふく》らませ、もっと嬲《なぶ》ってくれとねだるかのごとく突き出てくる。

凝って硬くなった両胸の突起を交互に指で摘《つま》み、磨り潰すように弄《いじ》る。

「あ……っ」

ビリッとした刺激が生じて、艶めいた声が零《こぼ》れてしまう。

『おい』

さすがに遥も不審を感じたらしく、訝しさと心配が混ざった声で問いかけてくる。

眉根を寄せた端整な顔を想像し、色香の漂う低めの声を耳にすると、佳人はさらに淫らな気分になった。

「ご、めんなさい……」

我慢できない、と吐息に紛れさせて続け、右手で乳首を抓《つね》ったり引っ張ったりしながら、空いている手を下半身に伸ばす。

パジャマのズボンの中に手を忍ばせ、裸の下腹部に這わせる。

入浴後三十分も経っていない素肌はしっとりとしていて、手のひらに吸いつくようだった。滑らかな皮膚の感触が我ながら心地いい。陰部に生えた縮れ毛を指に絡めて軽く引っ張り、弄《もてあそ》ぶ。

もうそれだけで股間のものは大きくなりつつあった。

『一人で悪さしているのか』

遥の一言一言が強烈な刺激となって脳髄を痺れさせ、佳人を昂らせる。

「すみません」

羞恥に顔を染めながら、佳人は小さな声で再び謝った。

ズボンを太股のあたりまでずらして半勃ちの性器を外に出し、握り込んで上下に扱《しご》く。佳人の手の中で陰茎はみるみるうちに硬度を増し、天を突くようにそそり立つ。

『俺は何をすればいいんだ』

憮然《ぶぜん》とした声の中に戸惑いが混じっているのを感じ、佳人は遥の不器用さが愛しくて胸がジュンと熱くなる。

「何も。……嫌じゃなかったら、電話このままにしておいてください」

『そんな色っぽい声を聞かされたら俺まで変な気分になりそうだ』

「なって、ほしいです……遥さんにも」

佳人は途切れ途切れに言い、熱っぽい息をつく。

勃起の先端から先走りが滲《にじ》み出し、ぬるつく液で肉茎が濡れ、扱くたびにヌチュッと猥《みだ》りがわしい水音がする。

呼吸も乱れがちで、荒い息遣いと共にあえかな声を洩らしてしまう。

「あ……気持ち、いい……っ」

自らの手で陰茎を擦り立て、乳首を括《くく》り出すように摘んで嬲り、湧き起こる悦楽に身をのたうたせる。

口を衝いて出る淫らな声がさらに佳人を昂揚《こうよう》させ、官能を煽る。

ベッドの軋みや、肌がシーツに擦れる衣擦《きぬず》れの音、淫らな吐息と卑猥《ひわい》な水音。遥に聞かれているのだと思うと、恥ずかしさもさることながら、遥の反応を想像して被虐的な昂奮《こうふん》が高まり、ますます夢中になった。

『どこを弄っている。前だけか』

電話での間接的な性行為など遥は経験がなさそうだが、ぶっきらぼうに問いかける言葉一つで佳人の脳髄を痺れさせる。

「今は、前と……胸を」

手を動かしながら佳人は正直に答えた。

遥に吸われたり舌で舐め回されたりしたときのことを脳裡に浮かべ、己の手を遥の手だと思って快感を増幅させる。行為そのものは自慰と同じだが、電話越しに遥の存在を間近に感じながらするのは、また違う感覚だ。毎晩遥と一緒に寝るようになってからは、自慰をする機会も減っていて、こうして自分の手で慰めるのは久々だった。

『生々しいな』

想像を掻き立てられたのか、遥はコクリと喉を小さく鳴らす。平静を保ちながらも、声音に昂揚が感じられた。

『一人でするときは、出したら満足できるのか』

「そういうときも、ありますけど……」

佳人ははにかみながら答え、後孔の疼きを意識する。

先ほどから襞《ひだ》が妖《あや》しく収縮し、こっちも触ってくれと貪婪《どんらん》に求めているのを、遥に見透かされたようで頬の火照りがひどくなる。

『今はそれでは満足できなそうだな』

佳人の言葉尻を捉えてずばっと言った遥は、くそっ、と忌々《いまいま》しげに舌打ちした。

『おまえが煽るから、勃った』

「本当ですか」

シュッ、シュッと左手で硬く張り詰めた陰茎を間断なく扱きながら、佳人は嬉しさに声を弾ませる。

「それ……欲しいです、遥さん」

『ああ』

カチャッと金属が触れ合う音がする。続いてファスナーを下げる音。遥がスラックスの前を寛げたのがわかる。新たな欲情が込み上げ、佳人は思わず唇をちらっと舐めた。

しばらくして遥が熱っぽい息を洩らすのが聞こえてきた。

遥が手で自分のものを擦りながら気持ちよさげに喘いでいる様を想像し、淫靡《いんび》さに佳人はさらに昂奮した。

ヘッドボードに凭《もた》れさせていた背中をずらし、クッション代わりに立てかけた枕に頭だけ預けてシーツに横たわる。太股の中程まで下ろしていたパジャマのズボンを脱ぎ、膝を折って立てた両脚を肩幅に開いた。

右手の中指と人差し指を口に含み、唾液を塗《まぶ》す。

濡れた指を尻の間に忍ばせ、先ほどから猥りがわしくひくついている襞を撫でる。

「あ……っ」

ツプッと中指を埋めると、もっと奥に欲しいと誘うように襞が収縮する。

佳人は中指が広げた狭い入り口の隙間から人差し指も潜《もぐ》らせ、二本揃えてズズッと進めた。

「はっ、あ、あぁ……あっ」

自分の指にも感じて、はしたない嬌声を上げてしまう。

『佳人』

電話の向こうで遥も上擦《うわず》り気味の声を出す。

佳人は遥の太く硬くなった陰茎を思い浮かべ、後孔に入れた指を付け根まで穿《うが》ち、熱く湿った内壁を二本の指で押し広げるようにしながら中で動かした。

「ンンッ！　あっ、あっ」

狭い器官を出入りし、内壁を擦る指は、佳人の頭の中では遥の撓《しな》る肉棒だった。

抽挿《ちゅうそう》に合わせて腰を揺すり、左手で陰茎を扱く。

「ああっ、ん、んっ」

普段は噛みしめて堪《こら》える声を、今夜は抑えずに出して遥に聞かせる。

遥も次第に息を荒げだし、ときおり押し殺した呻《うめ》き声を洩らす。

「あ、遥さん……っ、遥さんっ」

『まだイクな』

強烈に色っぽい声で押しとどめられ、佳人は顎《あご》を反らしてくうっと喉の奥でせつない声を立てた。シーツの上で踏ん張った両脚を力ませ、指を足掻《あが》くように蠢《うごめ》かす。

尖った乳首や開きっぱなしの唇を遥に吸ってほしくてもどかしい。

陰茎を握っていた手を離し、先走りで汚れた指を咥《くわ》えて舐めしゃぶる。舌を絡めた指を口腔で動かすと、遥の舌に翻弄されている感覚になる。

夢中で指を吸いながら、後孔を抉《えぐ》る指をさらに一本増やした。

「ふっ、う……うっ、ん……っ」

呻くたびに唇の端から唾液が零れ、顎を濡らす。

自分の指ではいつも遥が責める場所に届かず、焦れったい。

代わりに、浅い部分にある男の弱みを探り当てて指先で嬲り、湧き起こる悦楽に腰を撥《は》ね上げて悶《もだ》えた。

「ああっ、あ！」

口から抜き出した指で再び陰茎を掴む。

「遥さん。遥さん」

遥の名を呼びながら前と後ろを弄り、次から次へと生じる快感に身を任せる。

『佳人』

遥も最後の追い上げに入ったらしいのが、切羽詰まった声音からわかり、佳人は歓喜した。

目を閉じて、遥に抱かれて二人で同時に極めるときの感覚を思い出し、それに合わせて心と体を高みに連れていく。

「ああ、イク……！」

佳人が叫んだのとほぼ同じタイミングで、遥も低い呻き声を洩らして達したのがわかる。

はぁはぁと肩を上げ下げしながらシーツに全身を投げだし、弛緩《しかん》させる。

下腹にはどろっとした白濁が零れていた。

汗ばんだ肌にそれを塗り広げ、パジャマの上衣の裾で指を拭う。

「……すごく、感じました」

『ああ』

枕元に置いていた電話の子機を手に取り、うっとりとした声で遥に言う。

まだ少し遥も息を上げていた。

「おれももう一度シャワー浴びなきゃ」

『帰ったら、覚えていろ』

遥は乗せられて自分まで電話口でイッてしまい、不覚だと言わんばかりに突《つ》っ慳貪《けんどん》に言う。

「ええ。好きなだけおれを抱いて泣かせてくれていいですよ」

『電話代もおまえに請求してやる』

最後は冗談交じりにらしくないセリフを吐くと、『じゃあな』と言って電話を切った。

通話が切れた途端、佳人はすうっと熱が冷めたように、遥に隠し事をしている後味の悪さを覚えた。

「ごめんなさい、嘘をついて」

そっと呟き、唇を噛む。

明日、桐子と話をして、会ってくれそうならば会い、一刻も早くこの問題に白黒をつけたいと思った。

＊

貴史は持田桐子の携帯電話の番号を、桐子の名刺を手に入れて調べてくれていた。ホストやホステスといった職業の人は、仕事用とプライベート用で携帯電話を使い分けているケースが多いので、この番号にかけたら知らない相手からの電話にも出てくれるだろうとのことだった。

貴史の推察どおり、午前十一時頃に電話をかけてみると、桐子は『はぁい、桐子です』と気易い調子で応答した。

「あ、あの、いきなりお電話してすみません。久保と申します」

『どちらの久保さん？』

「実はまだお目にかかったことはないのですが、とある事情で人捜しをしていまして」

『はぁ？』

佳人は率直に黒澤茂樹の名を出し、生前彼と付き合いのあった人に話を聞きたくて、一人一人当たっていると説明した。

『茂樹のことって……』

戸惑いはしていたものの、悪戯《いたずら》の類いではないとわかってくれたのか、態度は和らいだ。佳人の丁寧な喋り方と、腰が低くて真面目な様子から、真剣さを汲み取ったらしい。職業柄、様々な人から突然電話がかかってくることがままあるそうで、『探偵さん？　それともどこかの記者さん？』と冗談めかす余裕までみせた。店に芸能人や政治家なども来るので、探りを入れられることには慣れていると言う。桐子自身、好奇心旺盛で物怖じせず、人と会うのが好きらしく、佳人の話に興味を持った様子だった。

『いいわ。なんだかよくわからないけど、あなたの声とても素敵だし、礼儀も弁《わきま》えてるみたいだから会ってあげる』

出勤前に店の近くの喫茶店でなら、と言われ、佳人はもちろん承知した。

不審がられてとりつく島もなく電話を切られる可能性もあると覚悟していただけに、あっさりと会ってもらえることになって拍子抜けするほどだった。幸運に感謝する。

約束の時間に銀座のコーヒー専門店に出向くと、桐子は五分ほど遅れてやってきた。貴史が添付してくれていた近影で顔は知っていたので、喫茶店のドアを開けて入ってきたロングヘアの女性を見て、すぐに彼女だとわかった。

今年三十二になる女性にしては若々しくチャーミングだ。明るい茶色に染めた髪と小作りな顔をしており、所作に優美さがある。ものすごく美人というわけではないが、容貌は整っていて、コケティッシュな雰囲気が魅力的だ。なるほど、銀座の店に誘われるだけのことはあるなという感じがした。

店内は空いていて、佳人以外の男性客はいずれも四十前後のサラリーマンだったので、桐子もすぐに佳人がわかったようだ。真っ直ぐ歩み寄ってきた。

「久保さん？」

桐子は佳人をまじまじと見据え、予想以上だと言わんばかりに目を爛々《らんらん》と輝かせる。

「うわー、やだ、イケメン！」

ストレートに褒められ、佳人は困惑して苦笑いする。

「どうもはじめまして。来てくれてありがとう」

相手のノリが軽く、きさくだったため、佳人もそれに合わせて砕けた調子で応じた。

桐子はオーバーを脱いで佳人の前に座ると、傍らに置いた大ぶりのバッグを開けてシガーケースとライターを取り出し、「いい？」と断ってから火を点ける。

佳人の周囲には煙草を吸う知り合いはおらず、普段は禁煙席を選ぶのだが、桐子はどうかわからなかったので念のために気を利かせておいて正解だったようだ。

「四時半に美容室を予約してあるの。六時前には店に入ってドレスに着替えなきゃいけないし」

あまり時間がないと前置きしてから、桐子は「茂樹の名前聞いたの久しぶり」と呟き、いったい何の話なのと問うような視線を佳人に向けてくる。

「それで？　久保さんは茂樹のお兄さんの知り合いってことだけど、どうして今さら茂樹の交友関係を調べてるわけ？」

「つい先日、茂樹さんと懇意《こんい》にしていたという女性がお兄さんを訪ねてきたんです。橋本美樹さんという方なんですが、ご存知ですか？」

「知ってるけど」

桐子は記憶を辿るまでもなくあっさり答える。

「私、自慢じゃないけど人の顔と名前覚えるの昔から得意なの。橋本美樹って、茂樹と同じ高校だった子でしょ。確かにあの頃ときどき見かけたわね。仲間って意識はなかったけど」

吸いさしの煙草を指に挟んで、湯気を立てているコーヒーをブラックのまま一口飲み、桐子は気怠そうに首を回しながら話を続ける。

「あの集まりは、元々はゲーセンで意気投合した連中がなんとなくつるんでたやつなのよ。メンバーもはっきりしてなくて。近隣の高校生がごちゃまぜで遊んでて、多いときは十人以上いたかな。女子で私が知っているのは、私の先輩とその彼女の二人だけ。でも、私はあんまり気が合いそうになかったから、そんなに仲良くなかったわ。地味で真面目そうで、全然面白みがないんだもの。いかにも一途《いちず》っぽい感じがちょっとキモかったのよ」

「一途というのは、茂樹さんに対して？」

「そうよ。茂樹のほうはまったく眼中になかったみたいだけどね」

当時を思い出したのか、桐子はくすっと意地の悪い笑い方をした。自分のほうが親しかったと言いたげで、優越感が垣間見える。

「彼女、いわゆる優等生のいい子ちゃんで、最初は茂樹を私たちから引き離そうとしていたみたい。だけど茂樹はうるさがって、彼女のこと邪険にするわけ。それでも諦めなくて、毎日のように溜まり場に現れるのよ。他の男子からもよくからかわれていたわ。おまえ茂樹が好きなのか、やめとけよ、あいつブラコンだから、みたいに。それより俺と付き合わないかって」

「高二の夏休み、泊まりがけで海水浴に行ったことがあった？」

「ああ、あったわね、そういえば。私はバイト休めなくて行かなかったけど」

「美樹さんは行ったみたいですね」

「そうなの？」

桐子は意外そうにする。

「私の先輩も断ったって言ってたから、よく知らないのよ。その後、誰からもそんな話聞かなかったし……。あ、そういえば、彼女が茂樹に付き纏《まと》うのやめたのもその頃だった気がする。『彼女最近来ないじゃない』って茂樹に聞いたら、『そろそろ飽きたんだろ』って清々したようなことを言ってた。彼女が自分に惚れてるの知ってたくせに、まるでかまってやらなくて、冷たい男ねえってからかってやったわ」

「美樹さんが顔を見せなくなったのは、海水浴の後ってことですか？」

「そうよ。誰も気に留めてなかったみたいだけど。私はてっきり塾の夏季講習かなにかで忙しいのかと思ってたわ。茂樹たちの学校って、そこそこ偏差値の高い進学校で、彼女、勉強はできそうな感じだったから。いい加減、茂樹のことは諦めたのかと思ったし。まぁ、正直……私も茂樹たちがあんな事件起こしてからは、ちょっと距離置いたけどね」

「それって……お兄さんの彼女の一件ですよね？」

聞きにくかったが、ここを抜きにしては話ができなかったので、佳人は腹を据えて言った。

「うん、そう。久保さんも知ってるんだ」

桐子もこの話題は塞いだ気分になるのか、憂鬱《ゆううつ》そうな顔で頷く。

「私、今でも信じられないのよね。茂樹があんな大それたまねしたなんて」

「あなたの目には、茂樹さんってどういう人間に見えていました？」

佳人が一番聞きたかったのは、まさにそれだった。

「うーん……そうねぇ、私からしたら、茂樹は拗《す》ねて悪ぶってるだけで、根は小心な男だったと思うわ。お兄さんにすごく反発していたけど、本音はもっとかまってほしくて、わざと困らせようとしていたんじゃないかな。お兄さんのこと独り占めしたかったのかもね。そういう子供じみた我が儘なとこ、あった気がする。甘ったれって言うか」

桐子は新しい煙草に火を点け、深く吸って、溜息をつくと同時に煙を吐き出す。

「お兄さんの彼女を襲ったのも、豪田《ごうだ》たちに焚きつけられてやったことなのよ。茂樹があんなこと思いつくはずないもの」

えっ、と佳人は眉を顰《ひそ》めた。

「なぜそう思うんですか」

「……聞いてたからよ。前の日に集まったとき、三人がカラオケ店の個室で話をしているのを」

桐子はバツが悪そうに視線を逸《そ》らして低い声で言う。

思わず身を乗り出しそうになるのを堪え、佳人は話の続きを一語一句聞き漏らすまいとした。

「まさか本気でやるとは思わなかった。悪趣味な冗談だろうって聞き流していたの。茂樹もそのときは『バカ言え。できねぇよ、そんなこと』って取り合ってなかったし。だけど豪田たちが、お兄さんの名前使えば簡単に呼び出せるじゃないか、ってしきりに言ってて。一度偶然街でお兄さんの彼女に会ったことがあったのよ。向こうから茂樹に声かけてきて。すごく綺麗な人だった。で、茂樹と手を組んで歩いていた私が挨拶したの。豪田たちは少し後ろからついてきていて、あとで茂樹に『すげー美人じゃん』って言ってた。たぶん、そのときから目をつけていたんじゃないかな。茂樹はあいつらに押し切られて、やっちゃったんだわ。流されやすかったしね」

「それ、本当ですか」

「本当よ。だから今でもときどき思い出すたびに嫌な気持ちになるの。越えちゃいけない一線をあのとき越えて、そこから先はもっとタチの悪い連中と付き合うようになって、めちゃくちゃし始めたから。バイク事故で亡くなるまでの二ヶ月間は、それこそ人が変わったみたいだったわ。お兄さんに縁を切られて、もうどうにでもなれって心境だったんじゃないかな」

そこで桐子はまた深い溜息をつく。

「こんなこと口にしていいかどうか迷うんだけど……私、ずっと心の奥で思っていたことがあるのよ。……茂樹、ひょっとしたら、死んでお兄さんの気を引きたかったんじゃないかなって。お兄さんのことになると、箍《たが》が外れるところが前からあったの。それくらいお兄さんにそっぽを向かれてからの茂樹はめちゃくちゃだったみたいだし。私ももう噂に聞くばかりで、とてもじゃないけど近づこうって気にはならなかったから直接は知らないけど」

もしこの話が本当なら、いよいよ佳人は、美樹の話の信憑性《しんぴょうせい》を疑わざるを得なくなる。

「一つ聞いてもいいかな。あくまでも仮定の話としてだけど」

「なによ、あらたまって」

佳人の勿体ぶった言い回しにつられたのか、桐子は表情を硬くする。

「茂樹さんが美樹さんにも同じことをした可能性、あると思います？」

「同じことって、レイプ？」

桐子は気が抜けたような顔をして、うっすら笑いさえしながら「ない、ない」と首を振る。何事かと身構えて損をしたと言わんばかりだ。

「だから、茂樹はあの子のことなんか相手にしてなかったって言ったでしょう。レイプなんてするはずないし、むしろ茂樹に抱いてもらえるんなら自分から脱いだんじゃないかってくらい、あの子のほうが追っかけ回してたのよ。あり得ないわね」

ならば、美樹が高校を中退して産んだ娘というのは誰の子なのか。

茂樹ではないと断じられてやっぱりそうかと胸を撫で下ろす反面、新たな疑問が出てきて、そこまで突き止めなくてはもやもやが晴れず、落ち着けない。

「あの子、茂樹が死んで少しした頃、中退したんですってね。よっぽどショックを受けたんだなって可哀想になったわ。でも、悪いけど、茂樹のことは彼女の独り相撲《ずもう》だった。それは間違いないわ」

「グループの中に美樹さんを憎からず思っていた人とかはいたんですか？」

そういう男がもしいたなら、茂樹しか眼中にない美樹に業《ごう》を煮やし、無理やり襲った可能性はありそうだ。

しかし、桐子の返事は佳人が望んでいたような芳しいものではなかった。

「さぁ。いなかったんじゃないかなぁ……」

肩を竦《すく》め、煙草の火を灰皿に捩《ねじ》って消す。

「ごめんなさい、そのへんはよくわからないわ。彼女、すっごく形のいい胸していたから、いやらしい目で見てる男はいたけど。それと、暇さえあればからかって、ちょっかい出してた男は二、三人いたわ。どいつも本気で彼女に気があるとは思えなかったけど」

そこまで話して、桐子はワンピースの袖をずらして腕時計を見た。

「あ、もう時間だわ」

言うなり、バッグとコートを抱えて立ち上がる。

「ごめんなさい、私行かなくちゃ。久保さん、これ、名刺。よかったら今度店に来て指名して。じゃあね。コーヒーご馳走様」

引き止める間もなく慌ただしく行ってしまった。

出勤前の貴重な時間を割《さ》いて会ってもらっていたので、これ以上無理を言うわけにもいかず、佳人は桐子を見送った。

一時間足らずではあったが、いろいろと貴重な話を聞けた気がする。

美樹の弁がいよいよ怪しく感じられてきたこともさることながら、それより佳人は、茂樹が遥に関心を向けさせたがっていた、言動とは裏腹に、死んでもかまわないほど慕い、執着していたことに衝撃を受けた。

遥がこのことを知ったらどう思うだろう。

言うべきか、黙って自分の胸に仕舞っておくべきか、そこからして悩む。茂樹が遥をそこまで求めていたとは遥自身気づいていなかっただろう。ましてや、死の原因が自分へのアピールだった可能性があるかもしれないと仄めかされたら、平静ではいられないのではないか。

話すにしても、慎重になる必要があると胸に刻み込む。

遥を傷つけることだけは避けたいと思った。

喫茶店を出て家に帰る道々、これからどうするか思案した。

まだ調べなくてはいけない事柄は残っているが、明日の夜には遥が帰国する。それまでにこれ以上突き止めるのは難しそうだ。

遥に美樹が訪ねてきたことを話すべきか、もう少し事実関係を明らかにしてから話すべきか。強姦や妊娠といった非常にデリケートな問題を含んでいるため、佳人は逡巡した。

とりあえず美樹にはこちらから連絡すると言ってある。万一のための連絡先には佳人の携帯電話の番号を教えておいた。

美樹を遥と会わせる前に、もう一度佳人が美樹と会い、これまで調べてわかっていることを突きつけ、本当に娘の父親は茂樹なのか確かめたほうがいい気がする。

嘘なら嘘で、なぜこんな詐欺のような危ない橋を渡ろうと決意したのか、その理由が知りたい。事情がわかれば、茂樹のことは別にして、何か助けられることがあるかもしれない。そのほうが本人にとってもいいだろう。

美樹は、普段は真面目に働いている実直な人だと思う。洒落っ気もなく慎ましやかな様子をしていた。一生懸命働いて女手一つで娘を育ててきたという話は嘘ではない気がする。

美樹の力になること自体は佳人もやぶさかではないのだが、もし、遥の傷を抉るような話を作り、金銭やそれ以外の援助を受けようと企《たくら》んでいるのであれば、許し難い。佳人としてはそれが最も大切な問題だった。その上、今回の一件は遥に敦子のことを思い出させるに違いなく、その点も佳人は心穏やかではいられない。

まず美樹と会おう。

佳人はよく考えた上で、そうすることにした。

2

「お帰りなさい、遥さん」

羽田《はねだ》から社用車で帰宅した遥を玄関で出迎えた佳人は、胸の高鳴りを静められずに、ひそかに狼狽えていた。

いったい何年一緒に住んだら、この心臓は遥を見ても平常心を保てるようになるのか。我ながら落ち着きのなさに呆れてしまう。さすがに毎日顔を合わせていれば、こんなにドキドキすることはないのだが、二日、三日と離れている時間が長くなると、寂しさや不安が募ってしまい、無事帰ってきたときの喜びと感謝が膨らんで気持ちが昂る。一週間に亘《わた》る不在など年に一度あるかどうかなので、特にそれが大きかった。

「ああ」

遥は「ただいま」とはめったに言わない。一人暮らしが長かったせいもあるだろうが、どうもそういう言葉は照れくさくて口にしづらいようだ。

ぶっきらぼうに相槌を打ち、後ろから大きめのスーツケースを運んできてくれた運転手の中村《なかむら》を振り返り「すみませんね」と労《ねぎら》いの言葉をかける。

「お久しぶりです、中村さん」

佳人もつっかけを履いてポーチに出て、中村に挨拶した。

「こちらこそ、ご無沙汰しています」

「毎朝迎えにきていただいているのに、顔も見せなくてすみません」

「いえ、いえ、とんでもありません」

中村は相変わらず腰が低く、畏まった態度で、遥の秘書を辞めて以来顔を合わせる機会が減った佳人と久々に話せたことを喜んでくれた。

スーツケースを玄関内に置いて戻ってきた遥が、佳人の傍らに立つ。並んで中村と向き合う形になり、二人を交互に見て目を細める中村の温かい眼差しが、佳人は面映ゆかった。

「もう十一時近い。遅くまでご苦労様でした。明日はいつもどおり八時にお願いします」

「承知いたしました。それでは、私はこれで」

「気をつけてお帰りください」

「ありがとうございました」

遥に続けて佳人も頭を下げ、中村を門扉のところまで見送る。

人気のない住宅街を通る道の端に、社用車のベンツが停めてあった。三ヶ月前までは、佳人もちょくちょく遥の隣に乗せてもらって一緒に出勤していたのだが、今やこの車を見ると懐かしい気持ちになる。新しい環境に慣れ、そっちが佳人にとっての日常になったのを思い知る。

中村が車を出すのを見届けて、門扉を閉めて家に入る。

一足先に戻った遥の姿はすでにない。スーツケースを持って書斎に行ったようだ。ドアに僅かな隙間ができている。

「遥さん、お腹は空いていますか?」

ドア越しに声をかけると、中から「いや」と短い返事があった。

着陸前にも軽めの食事が出されるので、それで足りているらしい。

「風呂、入れるか」

「ええ。さっき湯を張り終えたばかりです」

「おまえは?」

「おれもまだ、これからです」

「なら一緒に入れ」

「……はい」

たったこれだけの会話で、早くも下腹部に疼きが生じ、体温が上がって体が火照りだす。動悸は一段と激しくなり、脇の下がうっすら汗ばんできた。

心臓の一打ち一打ちが、遥が好きだと訴えている。

隠し事をしている後ろめたさが心に影を落としてはいても、昂揚する気持ちと欲情を抑える枷にはなっていなかった。

先に行っていろと促され、脱衣所で服を脱いでいると、すぐに遥もやって来た。

いきなり上半身裸で入ってこられて、佳人は不意を衝かれて動揺した。

「か、風邪ひきますよ……！」

「いくら俺でも、これくらいでひくか。下まで脱いでこなかっただけましだろう」

綺麗に筋肉のついた体を惜しげもなく見せつけ、無頓着に言う遥に、佳人は目のやり場に困りつつも胸が騒いだ。全裸で来られていたら、さらに頭に血が上っていたに違いない。遥の場合、佳人を試すとか、からかうつもりでこんなことをするわけではなく、本当にただ面倒だったから部屋で脱いできただけなのが疑えないので始末が悪い。

無自覚で罪作りな男だ。

遥は、自分がどれだけ他人の気持ちを揺さぶり、虜《とりこ》にするのか、少しもわかっていないし、想像すらしないのだろう。

そんなところにも惚れたんだけど、と佳人は諦念《ていねん》を感じながら、ふっと微苦笑混じりの溜息を洩らす。

「ぐずぐずしてないで、おまえもさっさと来い」

あらかじめベルトを抜いてきたスラックスを下ろし、下着も脱いで裸になった遥は、佳人に一瞥をくれ、浴室の戸を開ける。

佳人もすぐに後に続いた。

湯船から坪庭が眺められる風呂場は広々としていて、男二人で入っても全然窮屈ではない。床と浴槽を塡め込んだ台座は御影石《みかげいし》張りだが、洗い場には檜《ひのき》の簀子《すのこ》が埋め込んであるため、冬場も寒い思いをすることはない。いちおう浴室暖房設備も整っているが、使う機会はめったになかった。

湯船から手桶に汲んだ湯を全身に浴びて浴槽に入る。

ちょうどいい湯加減に自動的に調節されるので、熱すぎもせず温《ぬる》すぎもしない湯にいつでも浸かれて嬉しい。

湯の中で遥と向き合う。妙に照れくさくて遥の顔をまともに見られず、視線をあちこちに彷徨《さまよ》わせる。どうして毎度毎度こんなにも緊張するのか。目の前にいる遥は泰然《たいぜん》として寛ぎ、心地よさげに湯を愉《たの》しんでいる。

「おまえ、あれからも悪さをしたか」

ふと思い出したように遥に聞かれ、佳人はピクッと肩を揺らして遥の顔を見た。

こっちをじっと見ていたらしい遥と目が合い、ドキリとする。

遥の目は興味深げで、どことなく嬉々《きき》とした印象があった。

「してません、よ……」

嘘ではなかったが、声がちょっと上擦ってしまい、頼りなげな返事の仕方になった。

遥はふっと皮肉っぽく笑うと、尻をずらして佳人との距離を詰めてきた。

互いの脚の間に身を置き、股間の昂りがぶつかり合うほど体を近づける。腕を回せば難なく相手の背中を抱き寄せられる体勢だ。

目と鼻の先に遥の端整な顔があり、佳人ははにかんで睫毛《まつげ》を揺らし、俯きがちになった。

「どうした。俺の妄想の中に出てくるおまえは、もっと大胆でいやらしかったぞ」

「妄想、してくれたんですか」

「するだろう、普通」

本気なのか冗談なのか判断がつかず、本当ですか、と苦笑いしながら顔を上げた途端、唇を啄《ついば》まれた。

「遥さん」

驚いたのは一瞬で、すぐに佳人からも遥の唇に吸いつく。

小鳥が嘴《くちばし》で突き合うような戯《たわむ》れに近かったキスは、あっというまに舌を絡ませ合う濃厚な性戯になった。

口腔を舌で掻き回され、口蓋《こうがい》を擽《くすぐ》られて、佳人はくぐもった声で喘ぎ、遥の後頭部を指でまさぐった。

「んっ……う、ふ……っ、ンンッ」

ぴちゃぴちゃと猥りがわしく濡れた音をさせて、湿った粘膜をくっつけては離す。

搦《から》め捕《と》られた舌を強く吸われ、佳人は啜り泣きするような声を洩らして顎を震わせた。

舌の根が痺れそうだ。

キスをしながら胸元に伸ばされてきた指で乳首を弄られる。

凝って硬くなった粒を摘んで擦られ、乳暈《にゅううん》ごと揉みしだいて刺激されると、たまらない快感が体を駆け抜け、官能の源を直撃し、惑乱するような悦楽を味わわされる。

佳人はじっとしていられずに身を揺すり、遥の背中に指を食い込ませて、感じていることを伝えた。

「あ……あっ、あっ」

ビクビクと腰を打ち振って、塞がれた唇の隙間から唾液を滴《したた》らせ、乱れた声を上げる。

一昨日、電話で遥の息遣いを感じ、はしたない声や湿った音を聞かれていると意識しながら、自らの指で後孔と陰茎を同時に弄って極めたときのことを生々しく思い出す。あのときも、こんなふうに胸にも触りたかった――この場に遥がいたなら、きっと触ってもらえただろうと想像し、もどかしさを味わった。

「アアッ、いい……！」

舌を解いて唇を離されるやいなや、佳人は感極まった声を出して顎を仰《の》け反らせ、もっととして求めるように胸を開く。

遥は佳人の腰を腕一本で支え、空いている手で乳首を交互に嬲りつつ、露になった首筋に唇を辿らせる。

「あぁ、あっ」

見かけよりも柔らかな唇が濡れた肌を這い回る感覚に、佳人は息と共に浮ついた声を洩らし、擡《もた》げた顎や唇をわななかせた。

「ここも、吸って……ください。お願い、遥さん」

焦らされているようで我慢できなくなり、佳人は湯の中で膝立ちになって遥の顔面に胸板を近づけた。

充血して膨らんだ乳首を遥に見せつけ、睫毛を伏せて恥じらいながら大胆に誘う。

遥は欲情の兆《きざ》しも窺わせない無表情な顔つきで、もの欲しげに尖った乳首の片方を口に含む。

じゅっ、と音を立てて強く吸われ、佳人は疼痛《とうつう》と痺れるような強い快感に襲われて「ひうっ」と喜色の混じった悲鳴を上げた。

熟《う》れた肉芽を唇に挟んで引っ張り上げ、ちろちろと舌先を閃《ひらめ》かせて舐めたり擽ったりされる。まるで悦楽のスイッチを入れられるかのごとく、全身をビリッとした刺激で打たれ、下腹部が淫らに反応する。脳髄を掻き回されるような心地がして、乱れた声がひっきりなしに口を衝いて出る。

「相変わらず感じやすいな」

遥は唾液まみれになった乳首から口を離し、いっそう肥大し、赤みを増したそこにふうっと息を吹きかけた。

「ああっ」

佳人は遥の肩に爪を立て、悶えた。

大きく身を揺らしたせいで、湯がザアッと洗い場に流れ落ちる。

遥はもう一方の乳首に的を変えて舌で突起を転がしながら、佳人の尻に手をかける。

湯の中で双丘の奥にある窄まりをまさぐられ、佳人はあえかな声を立てた。

「うう……んっ、あ……！」

襞を慣れた手つきで揉みほぐし、つぷ、と指先が差し入れられてくる。

「あぁあっ」

お湯が、と佳人は後孔に力を入れて襞を引き絞った。

「緩めろ。奥に行けない」

遥に咎められ、佳人はゾクリとして項《うなじ》に鳥肌を立てた。

敏感な乳首に湿った息を吹きかけつつ、体の芯が蕩けそうになるほど色っぽい声を聞かされると、下腹部が火で炙《あぶ》られたように熱くなり、疼いてたまらなくなる。

「埋めて欲しかったんじゃないのか」

言葉でも性感を煽られ、佳人は軽く唇を嚙んで目元を染めた。頰が上気しているのがわかる。

遥の熱くて太いものを奥まで穿《うが》たれたくて、この一週間せつなかった。そんなふうに言えば、どれだけ淫乱で節操なしなのかと呆れられそうだが、今さら取り繕っても仕方がない。遥は佳人の体を隅々まで知っているし、我慢できない欲しがりなのも承知している。強張らせていた体から力を抜くと、すかさず長い指が一本、付け根まで狭い器官に穿たれた。

「あっ、あ、あぁ……っ」

内壁を突かれ、指を抜き差しして粘膜を擦られるたびに淫らな快感が生じ、翻弄される。

「あ、気持ちいい。あっ、ん、んんっ」

受け入れることに慣らされた体は進入物を貪婪に喰い締め、喘ぐように襞を収縮させて悦楽を求める。

硬くなった陰茎が頭を擡げ、遥の隆起した雄芯《おしん》に当たる。

遥の陰茎も張り詰め、猛々しく勃っていた。大きさも立派だが、欲情を掻き立てる形と色に、佳人はコクリと唾を飲む。

「遥さんの……しゃぶりたい」

「風呂から上がって二階に行ってからだ」

どうやら遥はこのまま一度佳人の中に挿《い》れたいらしい。

普段は冷徹な印象の強い目に欲情が浮かんでいるのを見て取り、佳人もさらに昂った。

「じゃあ、それ、早くください」

「だいぶ解れてきてはいるが、大丈夫か」

「たぶん」

佳人がはにかみながら頷くと、遥は指を引き抜いた。

「……ンッ」

抜かれる際に粘膜を擦られるのにも感じて喘ぎそうになり、唇を噛む。遥の指を引き留めようと襞が絡みつき、後孔がヒクヒクと収縮する。はしたなさに頬が赤らんだ。

遥は佳人の口に唇を押しつけてきてキスをすると、己の胴を跨《また》がせ、佳人を膝に載せた。

佳人は膝立ちで腰を浮かせ、腕を後ろに回して遥の撓《しな》る肉棒を摑んだ。

「すごい。硬くて大きい」

「久しぶりだからだ」

言葉の熱っぽさとは逆に遥の口調は落ち着き払っていて悔しいくらいだったが、間違いなく昂奮しているのは握り込んだ陰茎のいきり立ちぶりから疑いようもない。

「嬉しいです」

遥に強く求められていることが如実《にょじつ》に感じられて、今度は佳人のほうから遥の唇を塞いだ。

粘膜を触れ合わせるキスを、角度を変えて何度も交わしながら、屹立の先端を秘部にあてがい、ゆっくりと腰を落とす。

自重もあって、先端が襞の中心をこじ開けると、そのままズプッと亀頭が潜り込んでくる。

すでに馴染んでいるものではあったが、今夜の遥はいつもより猛々しく、ずんとした重みをよけいに感じた。

内壁をしたたかに擦られ、悶絶《もんぜつ》しそうな感覚に見舞われる。

「くう……うっ。あ、あっ」

息を乱して喘ぎ、嬌声とも悲鳴ともつかぬ叫びを上げながら、少しずつ遥を身の内に迎え入れていく。湯の中で浮力に助けられているのが幸いだった。ベッドの上で同じことをするより、腰を下ろす動きを緩やかにしやすい。

「佳人」

遥が両手で佳人の腰を支える。

ここまでくると、さすがの遥も平静を保ってはいられなくなってきたらしく、表情が崩れて余裕を失いつつあるのが見て取れた。眼差しが色香を帯び、じっと見つめられるだけで情動が高まる。なりふりかまわず脚を開いて身を任せたくなるほど雄のフェロモンが全身から醸し出されていて、むしゃぶりつきたくなるくらい蠱惑《こわく》的だ。

普段めったなことでは動じず、傲岸《ごうがん》で泰然としている遥が、心と体を昂らせて己の中の獣性を剝《む》き出しにするのは、セックスのとき以外ではあまりない。

佳人は素のままの遥を知ることができるこの行為に、身も心も満たされる。

「あぁあ……っ！」

ようやく半分まで受け入れたところだった剛直を、下から腰を突き上げられて、いっきに根元まで穿たれる。

衝撃の大きさに息が止まりそうだった。

それでも苦しさや辛さより遥と繋がり合えた歓喜が強く、深々と貫かれた秘部を引き絞って貪欲に遥を感じようとする。

「おまえの中、熱いな。蕩けそうだ」

遥の表情が緩む。気持ちよさそうで、佳人は体で感じる悦楽以上の喜びで胸がいっぱいになった。中で遥のものが脈打つたびに締めつけを強くしてしまう。

屹立した陰茎が萎《な》える気配もなく、先端の隘路《あいろ》を猥りがわしくひくつかせているのを見れば、佳人が感じていることも一目瞭然だ。

「おまえも、いいようだな」

「はい……、あっ、あ！」

摑み取られて性器を上下に扱かれ、佳人は嬌声を上げて身動いだ。

遥の指遣いは巧みだ。男の弱みを知り尽くした性戯を陰茎や陰嚢《いんのう》に施されると、佳人は抗《あらが》う術もなく身悶え、なりふりかまわず喘いで痴態を晒《さら》してしまう。

後孔を擦る刺激と前を弄られる二重の刺激に、楔《くさび》で縫い止められた腰を揺すって乱れた。

「アアッ、だめ……イクッ」

何度も高みに追いやられては、湯の中では出せないという矜持《きょうじ》が欲情を抑え、耐えさせる。

遥も最初から達《い》かせるつもりはなかったようで、ギリギリのところではぐらかす。

「もう、無理……無理です。遥さん」

湯中《ゆあた》りしてのぼせかけていたせいもあり、汗みずくになった顔に貼りつく濡れた髪を覚束ない手つきで払いのけつつ、佳人は弱音を吐いた。息が上がってしまっていて、途切れ途切れにしか喋れない。

「続きは後でたっぷりしてやる」

遥も呼吸を乱し、額に汗を浮かべている。

腰を持ち上げられて、猛ったままの陰茎をズルリと抜かれる。

「んんっ」

あえかな声を立てて遥の胸に突っ伏した佳人を、遥は難なく受けとめ、一度力強く抱擁《ほうよう》する。

それからおもむろに「上がるぞ」と促してきて、佳人の腕を取ったまま浴槽を出た。

洗い場の床で少し休み、火照った体を冷ます。

その間、お互いの体に指や唇を触れさせ、気持ちを確かめ合った。

体を繋いで出すものを出す行為はかけがえのない愛情表現の一つだが、こうした可愛らしい戯れ合いも佳人は好きだ。遥も同じように思っているのが伝わってきて、幸せを噛みしめる。

「留守中はどうしていた？」

ふと遥が聞きそびれていたという顔をして、唐突に聞いてくる。

佳人はギクッとして、心臓が縮む思いがした。

まったく心構えができていなかったので、遥に言うべきことを言っていないきまりの悪さが、もしかすると表情に出てしまったかもしれない。

すぐに取り繕ったつもりだが、一瞬、遥の目に不審が浮かんだ気がして焦った。ここでさらに「何かあったんだな」と追及されたなら、もう否定できなかっただろう。そこまでして隠すつもりは佳人にもなかった。

幸いと言っていいのか、遥は佳人に何も問い質《ただ》さなかったし、つっと寄せかけた眉根もすぐに開き、平素見せている無愛想な顔に戻った。

「……遥さんのこと、想っていました。ずっと」

今度は嘘をつかずにすんだ。

佳人の返事に、遥は唇を引き結んだまま、黙って頷く。

そろそろ火照りも冷めてきていた。

「遥さん」

佳人が躊躇いがちに声をかけると、遥は「ああ」とぶっきらぼうに返事をして立ち上がった。

「体は後で洗えばいいだろう。どうせまた汗や何やらで汚れる」

来い、と再び腕を引かれ、佳人は素直に従った。

翌日は金曜日で、遥は八時にはいつものとおり出勤しなければならない。

それでも、一週間ぶりに肌を合わせた二人は、午前二時近くまで上になり下になりして、シーツをぐちゃぐちゃにした。

ベッドに入ってからの遥は、ちょっと荒々しかった。所有の証《あかし》を刻みつけるかのごとく体のあちこちにキスの痕をつけ、体位を何度も変えて、前から後ろから横から己の性器を穿ち、最後は必ず佳人の中に精を注ぎ込んで終わる。熱烈に求められたのは嬉しかったが、どこか遥の様子がおかしい気がして、佳人は一抹の不安を消し去れずにいた。

遥なりに何か不穏な気配が頭上に迫ってきていることを感じているのかもしれない。なるべく早急に美樹と話をして、一刻も早くこの気がかりな問題にケリをつけよう。

遥の前では一点の曇りもない自分でいたい。

それが佳人の偽らざる気持ちだった。

＊

美樹は都内の部品製造メーカーで事務員として働いているとのことで、平日に連絡が取れるのは十二時から一時までのお昼休みの間だけだと言われていた。

佳人は、本人から聞いた携帯電話の番号に十二時半頃かけてみた。佳人の番号も美樹に教えておいたので、着信した時点で誰からかわかっただろう。

美樹はすぐに電話に出た。

昨晩が遥の帰国日だったため、今日電話があるはずだと待ち構えていたらしい。

「先日はどうも失礼しました。もっと早くご連絡したかったのですが、こちらも仕事や何やらでバタバタしていて、今日になってしまいました」

『いえ。黒澤さんがお戻りになるのは昨晩とお聞きしていましたから』

美樹は佳人がなぜそんなふうに言うのかわからなそうに訝しげな声で返事をする。

「遥さんは予定通り帰国しています。ですが、その前におれのほうであなたに一つ二つ伺いたいことが出てきまして」

『……え？』

美樹の声に緊張が走ったのがわかる。狼狽《ろうばい》しているようだ。佳人はスマートフォンを持つ手に知らず知らず力を入れていた。疚しいことがなければ、聞きたいことがあると言ったくらいでこまで過剰な反応はしない気がする。

『なんですか、いったい？』

不安と不愉快さが混じった中に、佳人の話の内容が気になっていて、聞かずに無視するのを躊躇う気持ちが汲み取れる。

電話で話せる内容ではないので、できれば会って話したい、と佳人は美樹に言った。

美樹はしばらく迷っていたが、やがて腹を決めたらしく、今日の退社後ならと承知した。

「どこが都合がいいですか。指定していただけたら、そこに出向きます」

『職場から帰宅する際、乗換駅が品川《しながわ》なんですけど……駅傍のホテルのラウンジとか』

「いいですよ。どちらのホテルにしましょうか」

また少し美樹は思案する間を作り、おずおずとホテルの名を出した。知人の披露宴で一度行ったことがあるので、そこなら迷わずに行けると言う。もちろん佳人に否やはない。

六時にロビーで待ち合わせ、同じフロアにあるラウンジに席を取った。

「わざわざ来ていただいてすみません。お嬢さんがお帰りを待っていますよね。手短にお話ししますね」

「娘は今、近所に住む祖父の家にいるので、それは大丈夫です。娘にとっては曾祖父ですが。もう八十を超える老人ですので、ちょくちょく泊まって世話をしてくれています」

「そうなんですか。優しい娘さんですね」

美樹の祖父は介護が必要で、祖母のほうは先月亡くなったのだったな、と先日聞いた話を思い出す。

今日も美樹はおとなしい服装をしていた。チェック柄のロングスカートにタートルネックのセーター、足元は黒いローヒールのパンプスだ。オーバーコートは前に見たものと一緒で、流行に左右されないスタンダードなデザインのものだった。派手さは皆無だが、全体的にこざっぱりしていて、きちんとしているんだなという印象がある。

こうして本人と相対すると、悪いことを考えつくような人だとはとても思えないのだが、今度の件では疑わざるを得ない事柄がいくつか出てきていて、本人を追及しなければいけないのが、佳人自身なんとも嫌な気分だった。

「お話ってなんですか？」

美樹は、それが気になって午後の仕事が手につかなかった、とでも言いたげな様子だった。不快さと苛立ちが眉と目に表れている。同時に、何を言われるのかとビクビクしているようでもあった。落ち着かなそうに膝に載せた手を組んだり離したりする。

美樹の様子を注意深く観察した佳人は、いよいよ美樹はこの件に関して後ろめたいことがある気がしてならなくなった。すべてが嘘だとまでは言わないが、何かしら隠しているのは間違いなさそうだ。

「先日お目にかかったとき、言葉のアヤだったのかもしれませんが、過去のことを調べてみてくれとおっしゃいましたよね」

「えっ。私、そんなこと……」

「すみません、ちょっと調べさせていただきました」

佳人は否定しようとする美樹を押しとどめ、申し訳なさを滲ませて穏やかな口調で告げた。

狼狽がひどくなった美樹を見て、ここは責めるような態度を取ってはいけないと思った。元より佳人にそんなつもりはなかったが、念のため自分自身に言い聞かせる。

佳人がきっぱりとした態度を取ると、美樹もそれに対抗するようにキッとした表情になる。単におとなしやかなだけではない我の強さがあるのを感じ、こういう女性は案外手強いかもしれないと佳人は思った。情に流されやすく、一度腹を決めたら、たとえそれが犯罪に手を染めることになるとしてもやってしまう猪突猛進《ちょとつもうしん》さ、思い込みの激しさ。そういったものが垣間見え、押すところを間違えると面倒なことになりそうな予感がした。

「そうですか。十五年近く前のことを、よく調べられましたね」

気を取り直した様子で言う美樹の言葉には、若干の皮肉が混じっているようだった。かといって完全に強気に出たわけではなく、忙しなさを増した手の動きから内心の動揺が推《お》し量れる。そう簡単に調べられるはずがないと己を安堵させようとする一方、佳人がそんなことをするとは思っていなかったであろう戸惑い、どこまで突き止められたのかという不安、そういったものが胸の内に渦《うず》巻いているのが想像された。

「事が事だけに気になったものですから」

佳人は正直に言った。

「久保さんは茂樹君のお兄さんのなんなんですか？　ちょっと立ち入りすぎじゃありません？」

赤の他人がと言いたげな美樹に、それは確かにそう思われても仕方がないと、佳人は気分を害することなく受けとめた。

「今はプライベートで同居しているだけの関係ですが、少し前までは秘書をしていました。そのせいか、つい先回りして調べてから報告する癖がついていて」

「……それで、何か？」

佳人が遥の元秘書だとわかって、美樹は腑《ふ》に落ちたところがあったようだ。納得する素振りを示す反面、一筋縄ではいきそうにないと警戒心を強めたようでもある。美樹は感情が表情に出やすいほうらしく、じっと顔を見ていれば気持ちがだいたい読めた。

「茂樹さんを知っている人に当時の話を聞くことができました」

佳人は周囲をざっと見渡してから本題に入った。

駅傍のホテルなのでラウンジを利用する客は多く、今もほぼ満席だった。テーブルとテーブルの間は適度に空いているので、意識的に耳を欹《そばだ》たせない限り隣の席の会話が筒抜けになることはない。佳人たちの周囲にいるのはいずれも自分たちの話に夢中になっている客ばかりで、一人客はいなかったので、その心配もなさそうだ。ビジネススーツを着た男性客よりも、会社帰りと思《おぼ》しきＯＬや奥様方の集まりといったグループが散見される。このホテルの特製ケーキは美味しいと評判らしく、女性客が多いのはそのためかもしれない。品川には遥が経営するパチンコチェーン店の本部営業所があって、いつだったか佳人は女子社員たちからそんな話を聞いた覚えがあった。彼女たちも会社帰りにときどき寄ると言っていた。美樹と二人でいるところを見られたら何を言われるか知れたものではないが、べつに疚しいことをしているわけではないので、堂々としていればいいと思った。

「他校の方ですが、橋本さんのことも覚えていらっしゃいました」

誰かしら、と記憶を辿っているかのように美樹は顔を顰め、考えている。近隣の学生たちが遊び仲間として集まったグループだというのだから、それなりに人数はいたのだろう。毎日同じメンバーが顔を出すというより、来たり来なかったりといった自由度の高い集まりだったらしい。

美樹は茂樹しか眼中になかったのか、他の連中のことはあまり記憶していないようだ。

「その方も茂樹さんと親しかったそうですが、茂樹さんは自分から強姦など考えつくタイプではなかったと言っていました」

「それは違うでしょう」

案の定、美樹は即座に反論する。

「久保さんもお兄さんの彼女だった方の一件はご存知でしたよね？」

「ええ。でも、あれも実は他の仲間に唆《そその》かされてやったかもしれないんです。その人は、実際に仲間二人が茂樹さんを焚きつけているところに居合わせたそうです」

佳人は美樹の顔色を窺いながら、刺激しすぎないように注意を払いつつ言った。

秘書をしていた頃から常に持ち歩いている手帳を開き、桐子から聞いた話を後で忘れないようにメモしておいたページを開く。この手帳には、同様に美樹が喋った内容も書き留めてある。

「焚きつけていた男の一人は豪田という人物だったこともわかっています」

豪田の名前を出した途端、美樹の顔色がサッと変わった。

何か心当たりでもあるのだろうか。それとも、佳人の口から豪田の名前が出たこと自体に驚いたのか。いずれにせよ、美樹が豪田を知っているのは確かなようだ。

美樹はすぐには口を開かず、どう答えるべきか懸命に考え、迷っている節があった。

やがて、俯けていた顔を上げたときには、すっかり心を決めた様子で、梃子《てこ》でも動かないといった頑固さが硬い表情に表れていた。

「豪田君は知っています」

顔色は青ざめていたが、美樹の口調はしっかりしていた。

「……彼も、私が襲われたとき、その場にいましたから」

あっ、と佳人は己の迂闊《うかつ》さに舌打ちしそうになった。美樹は三人がかりで襲われたと確かに言っていた。行為に及んだのは茂樹一人だが、他の二人に手足を押さえつけられ、体の自由を奪われていたと主張していたのだった。

それで豪田の名に過剰に反応したのか、と思った。

「すみません」

知らなかったとはいえ、その可能性に気づくことぐらいはできたはずだ。配慮に欠けていた。

「いえ、べつに」

美樹は豪田のことなどどうでもいいと言わんばかりに一蹴する。静かな怒りが小柄な体全体から醸し出されているのを感じ、佳人はちょっと気圧されかけた。

「つまり、久保さんは、私が嘘をついているとおっしゃりたいわけなんですね」

自ら率直に言ってのけた美樹に、佳人は咄嗟《とっさ》に返す言葉が出ない。うっかり美樹を傷つける発言をしてしまったかもしれないと後悔した矢先で、発言には慎重にならなくてはと自重する気持ちが働き、否定するのも肯定するのも躊躇った。具体的な証拠があるわけではなかったが、美樹の弁を疑っているのは事実だ。

「お兄さんと関係の深い久保さんが、茂樹君の所業についてこれ以上悪い話を聞きたくない、握り潰したいとお考えになるのも、わからなくはないですけど、お兄さんはそんなこと望んでおられないんじゃないですか。お兄さんは、はっきりとご自分の目で見られたから、茂樹君と縁を切ったんですよね？　お葬式をあげるのも最初は拒否されていたと聞きましたよ。周囲に説得されて嫌々行ったそうですけど」

「はい。交際していた方が襲われたのは確かですし、それが自分から仲間を誘ったのであれ、誰かに唆されたのであれ、襲ったことに変わりはないと思っています。ただ、もし誰かがその事実を逆手にとって、別件まで濡れ衣《ぎぬ》を着せられるようなことがあれば問題です。一つの事実があるからといって、鵜《う》呑《の》みにできないと思うんです」

最初はもっとオブラートに包んだ言い方をしようと思っていたのだが、美樹が一歩も退かない覚悟でこの場に臨《のぞ》んでいるのがわかって、気が変わった。曖昧《あいまい》な仮定の話をしても仕方がない。この期に及んで、そういうのは気遣いとは違うのでは、と考え直した。

幸い美樹は冷静で、感情的になって声を荒げたり、泣いたりするといった取り乱し方はしなかった。相当芯の強い女性だと感じる。

「何か証拠でもあっておっしゃってるんですか？　私が嘘をついていると」

そう言われると佳人はぐうの音《ね》も出ない。

「いいえ。今はまだ、違和感を覚えているだけで、そういったものはありません」

佳人は正直に答えた。

「だから、こうしてお目にかかって、もう一度確かめさせていただきたいと思ったんです」

「申し訳ないけど、私の言い分は変わりません。それに、あなたとこれ以上話しても埒《らち》が明かないとわかったので、次からは直接お兄さんと話します。連絡先、教えていただけます？」

美樹はすっかり頑なになっており、とりつく島がなかった。

教えないわけにもいかず、佳人は自宅の電話番号を教えた。遥の携帯電話の番号はさすがに自分が勝手に教えるわけにはいかないと言うと、美樹も頷き、納得してくれた。こういうところは普通に常識が通じるので、佳人も美樹を信じたい気持ちはあるのだ。

「きっとお兄さんなら私の話を疑ったりされないと思います。でも、久保さんは無理だわ。だってあなたは茂樹君を実際に知らないんだもの」

確かに、知らない。

やはり考えすぎだろうか。

佳人は美樹の言葉を噛みしめ、己の感覚に自信がなくなってきた。

敦子の話、桐子の話――二人から聞いて受けた茂樹の印象は、遥が断片的に洩らしたことから想像していたものとは少し違っていた。遥に対する反抗心の裏には強い思慕と自己愛があり、遥を振り向かせるためならば非人道的なまねをするのも憚《はばか》らない傍若無人《ぼうじゃくぶじん》な男かと思っていたが、桐子ばかりか、敦子までもが、それに疑問を抱かせるような発言をする。それで佳人は、茂樹は浅はかで歪んだところはあっても、強姦や輪姦といった行為にまで及ぶような度胸は本来持ち合わせていなかったのではないかと思い始めたのだが。

美樹はすっかり冷めてしまったコーヒーを一口飲んで、言い訳がましく続ける。

「私も茂樹君を信じたい気持ちはあったんですよ。あんなことがあるまでは」

あんなこと、とは当然、美樹自身が襲われたことを指しているのだと思ったが、意外にも敦子の一件のほうだった。

「お兄さんの彼女を三人がかりで輪姦した、騙して呼びだしたのは茂樹君だったと聞いて、目の前が真っ暗になるくらい絶望しました。その前に私に乱暴して、私が泣き寝入りしたものだから味を占めたんだと思います」

そのあたりは筋が通っていると佳人も思う。おそらく美樹の言うとおりだろう。

美樹は茂樹が好きだったので強姦されても許せたが、その後まもなく、今度は別の女性に同じことをしたため絶望した。そこでやっと、この男はだめだと愛想を尽かして諦める決心をし、ひそかに娘を産んだ。とりあえず齟齬《そご》はない。齟齬はないのだが、なんとなくしっくりとこなくて引っ掛かる。佳人はどうしても納得しきれなかった。

「橋本さんのお話を全部疑っているわけじゃありません。起きたことは本当なんだろうと思っています」

「もういいです」

美樹は不快そうに言うと、財布を出して千円札をテーブルに置き、席を立つ。

「これは結構です。無理を言ってお時間割いていただいたので」

「コーヒー代くらいで借りを作りたくありませんから」

静かだが叩きつけるような冷たさで撥ねつけ、美樹は足早にテーブルを離れた。

一人残された佳人はふうっと深い溜息をつく。

美樹が気分を害して怒って帰ったのも無理はない。佳人はこめかみを押さえ、自分のしていることの是非を自問した。よけいなことをしてしまったと後悔する一方、しないではいられなかった己の勘を信じたい気持ちもあった。

どちらにしても、ここから先は遥に任せよう。

今夜、遥が帰宅したら、留守中に美樹が訪ねてきたことを話し、自宅の電話番号を教えたので近々先方から遥に連絡があるはずだ、と前もって告げておかなくてはいけない。

遥は驚き、衝撃を受けるだろう。胸が痛むが、遥は強い男なので、きっと今回も乗り越えると信じている。

敦子に会ったことは黙っておいたほうがいい気がするので、当面話さないでおこうと決めた。よけいなまねをしたと遥を怒らせるやもしれず、正直それが怖い。敦子が絡むと佳人も平静でいられないところがあって、己のエゴが根底に潜んでいるのを自覚している。純粋に遥のためだけを思って会いに行ったと胸を張って言えない後ろめたさがあった。もっと時が経てば敦子の存在を忘れられるのかもしれないが、今はまだ無理で、折に触れては喉に刺さった棘のように思い出し、苦しくなる。そのたびに佳人は己の矮小さを痛感させられ、自己嫌悪に陥《おちい》っていた。

遥も心の底で敦子のことを気にかけているに違いないので、頃合いを見て会いに行ったと打ち明け、お元気でしたよ、と伝えようと思う。

うまく美樹と話せなかった己の腑甲斐なさ、力不足が歯痒くて、来たとき以上に気が重くなっていた。

憂鬱な気分でレジに向かう途中、「久保さん！」とはしゃいだ声をかけられる。

近くのテーブルに、見知った女性四人の姿があった。パチンコチェーンを統括する事務所で働いている面々だ。なんとなくこんなことになりそうな予感はしていた。春のスイーツフェア開催中、とメニューに載っているのを見て、こういうのは逃さないと言っていた彼女たちのことが、ふと脳裡を掠めた。そんなふうに思ったときほど現実になる。不思議な法則が働くものだ。

「こんにちは」

無視するわけにもいかず、傍に行って挨拶する。

「ご無沙汰してます～。お元気ですか」

「久保さんが秘書辞めちゃって目の保養ができなくなりましたよぉ」

「潤《じゅん》君も可愛いけど、私たちアラサー女子にはちょっと物足りないんですよね」

わいわいと口さがないお喋りを聞かされる。

佳人のほうもちらっと近況を話して、適当なところで切り上げようとすると、四人が顔を見合わせ、フフフ、と意味深な笑い方をする。

「さっきまで一緒だった方、お仕事関係のお知り合いですか？」

「え？　いや、違いますけど」

こんなとき不器用な佳人はさらっと躱《かわ》すことができず、正直にそのまま答えてしまう。

四人は揃って興味津々といった様子でにやにやしていたが、それ以上は誰からも突っ込んだ質問はされなかった。あなたが聞きなさいよ、と押しつけ合うような視線を交わして、肱をつつき合う。誰もなかなか口を開こうとしないので、今のうちにと、佳人は「それじゃあ」と会釈《えしゃく》して彼女たちの傍を離れた。

会計をすませ、ロビーを横切ってエントランスに向かう途中、もうとっくにホテルを出たと思っていた美樹の姿を見つけた。

柱の陰で携帯電話を耳に当て、深刻な面持ちで話をしている。

何かよくない連絡でも受けたのだろうか、と佳人は心配になった。金銭的な面で困った事態になっているのではと、いささかよけいな気を回してしまう。美樹からそんな話を聞いていたので、なんとなくそちらに結びつけて想像した。

娘の父親が茂樹かどうかはさておき、ここまでかかわりになった以上、できる限り相談に乗りたい気持ちがあるのは本当だ。佳人も昔、家の借金でいろいろあった身なので、美樹が困窮しているというのを聞いたとき、まったく他人事だとは思えなかった。

電話が終わるのを待って声をかけようか、それともこのまま気づかなかった振りをして帰るか、佳人は迷った。さっきあれだけ怒らせたので、佳人に話しかけられても迷惑なだけかもしれない。

迷っているうちに、美樹が話をしながらゆっくりこちらに向かって歩いてきた。顔は伏せたままで視線は足元に落ちていて、佳人に気づいた様子はない。佳人との間に大きな柱があるのだが、そこの陰で話をするつもりらしい。

「ええ、疑っているみたいなの」

耳を欹たせていたわけではなかったが、電話に向かって話す声が聞こえてきた。

さっきまで佳人と話していた一件について、誰かに相談するかなにかしているようだ。

いったい誰に……？　美樹の口ぶりからすると、遥以外に頼る者はいない感じだったが。

新たな疑問が湧き、佳人はどういうことなのか確かめずにはいられなくなった。

柱の裏側に置かれた背凭れの高い椅子に腰掛け、美樹の視界に入らないようにして聞き耳を立てる。

「ごめんなさい、私の考えが甘かったわ。お願いだから怒鳴らないで」

なにやら不穏な気配の漂う会話が交わされているようだ。佳人は眉を顰めた。

相手の声までは聞こえないが、美樹の口ぶりからして、男ではないかと思われた。喚《わめ》くとか怒るとかならわかるのだが、女性が怒鳴るというのが佳人には想像しづらかった。絶対女ではないとは言えないものの、確率的に男の可能性が高い気がする。

「お兄さんにだけ掛け合えばいいと思っていたのよ。まさか、元秘書だっていう男の人が一緒に住んでいるなんて……。その人が昔のことをいろいろと調べているみたいで」

事情を知っているらしき相手との遣り取りでは、佳人と対峙《たいじ》していたときのような突っ張った感じはなく、自信なさげな響きが声に出ている。

「え？　……それは、あなたに迷惑かけたくないから言えないわ。とにかく、この話をしたらお兄さんはお金を出してくれると思ったのよ。でも、あの元秘書が手強そうで……」

美樹は佳人を恐れているようだ。遥に入れ知恵して、簡単に信じないよう忠告するに違いないと危ぶんでいる。

「調べられても何もわからないと思うからかまわないけど、今すぐお兄さんに会うのはやめて、少し様子を見てからにしたほうがいいみたい」

佳人に連絡先を聞いたときの断固とした態度は虚勢だったのか、美樹は腰が引けたようなことを言っていた。

調べられてもかまわないと言うからには、やはり、美樹が訴えていることは事実なのか。それとも、電話の相手を宥《なだ》めるための方便なのか。

どちらにしても、お金がすぐにでも入り用なのは美樹ではなく、電話の相手なのではないかと、聞いていて佳人は思った。借金取りと話しているふうではないので、おそらく個人的な知り合いだろう。中学生の娘がいるとはいえ、美樹もまだ若い。恋人がいても不思議はなかった。

そうこう考えていると、美樹が佳人の推理を裏付けるような発言をした。

「来月の二十日くらいまでは待ってもらえるんでしょう？　それまでにはなんとかするから、心配しないで」

やはり、娘のためにお金が要ると言ったのはただの口実だったようだ。

美樹は通話を終えると柱の傍を離れ、ホテルを出て行った。

椅子から立って小柄な女性の後ろ姿を見送りつつ、佳人は眉間に刻んだ皺《しわ》をなかなか消せずにいた。

これはどう考えてもただ事ではない。このまま身を引いて、後のことは遥に任せるなどと言っている場合ではなくなった。

問題はやはり茂樹のことだ。おそらく遥にとっても、重要なのはこの件に茂樹が本当にかかわっているのかどうかで、お金の使い道は二の次だろう。佳人は端《はな》から遥が金銭的な援助を渋るとは思っていない。筋さえ通せば誰より情に厚い男だ。たとえ美樹の娘が茂樹の子供でなかったとしても、袖《そで》擦り合うも多生《たしょう》の縁で、便宜《べんぎ》を図ってやるに違いなかった。

つい今し方まで、今夜遥に美樹のことを話すつもりでいたが、佳人は気を変えた。

調べよう、徹底的に。

真実を明らかにするまでは、もはや佳人自身が納得しかねる心境になっていた。

電話の様子では美樹もしばらく動かなそうだったので、遥にはもう少し黙っていようと決めた。その間に美樹の身辺を調べ、過去の出来事も詳《つまび》らかにすることができれば、誤った判断をせずにすむ。

心のどこかで佳人は茂樹の善良さを信じたがっているのかもしれなかった。不器用で純粋すぎたから、一度悪い仲間に入ってしまうと抜け出せず、馬鹿なまねをして悪ぶるしかなかったのではないか。他の仲間に付け入られ、利用され、最後はもっと質の悪い連中にまで目をつけられるようなことをしてしまい、悲惨な結果になったのだとすれば、多少なりと同情の余地はある。

弱くて卑怯で無責任な男だったのは否定できないが、根っからの悪人ではなかったのではないかと思えて、少なくとも遥には弟の本当の姿を知っていてほしい気がした。

その晩、遥は十一時を回っても帰宅しなかった。

海外に出張に出ていて、一週間ぶりに出社した日が月初めの金曜日で、仕事が山積みだったことは想像に難くない。

十時頃、携帯にメールを打って何時に帰るか聞いたところ、午前様になるかもしれないから先に寝ていろと返信があった。

昨晩さんざんねだって長旅帰りの遥をよけい疲れさせてしまった反省を踏まえ、今夜はおとなしく寝ることにする。

寝付くまでの間に、美樹の娘の父親は誰なのだろう、どうすればそれを知ることができるのだろう、と思案した。

もう一度貴史の手を借りたほうが早いのはわかっているが、あまり甘えるのも悪い。やれるところまで自分の力でやってみて、にっちもさっちもいかなくなったら相談する。そして、次に貴史を頼るときには、差し障りのない範囲で貴史にも今回の件を打ち明けるつもりだ。貴史なら秘密を守ってくれると信じられるし、中途半端に隠し事をし続けるのは佳人自身が嫌だった。貴史も水くさいと言うだろう。

いずれは遥の耳にも入れなくてはいけないが、まずは美樹の主張の裏を取ってからだ。結果的に皆が納得できる形に収まればいいと思った。

＊

翌日の土曜日は仕事絡みの外出が重なって忙しく、朝から晩まで出ずっぱりで、遥とゆっくり過ごす時間も取れなかった。

遥も日中は出掛けていたようだ。

パチンコ店にせよアダルトビデオ制作会社にせよ、土日も動いている会社が多いので、その気になれば仕事はいくらでもある。元々遥は仕事人間なので、佳人が不在だと一人自宅でのんびりする気になかなかなれないらしく、たいてい自分も仕事に出てしまう。佳人は止めるに止められず、できるだけ遥に合わせて休みを取るようにしているのだが、自分の仕事が軌道に乗ってくるに従って、そうも言っていられないことが多くなってきた。

八時過ぎに帰宅すると、遥はわざわざ書斎から出てきて取り次ぎに顔を見せ、「遅かったな」と仏頂面《ぶっちょうづら》で言った。

遥の仏頂面はいつものことだし、怒っているわけではないことも承知していたが、醸し出す雰囲気が普段と微妙に違い、気になった。

「何か……ありました？」

ひょっとして美樹から電話があったのか。胸騒ぎを覚えつつ聞いてみる。一番に頭に浮かんだのがそれだった。誰かと話しているのを漏れ聞いた電話の内容から、当分遥とコンタクトは取らないだろうと踏んでいたのだが、気を変えたのかとヒヤリとした。

「べつに」

遥は憮然とした面持ちで短く答える。

愛想のかけらもない受け答えもいつもどおりで、かえって安堵していたら、珍しく言葉を継いで「何かとはなんだ」と絡むように聞いてくる。

不意を衝かれた心地で佳人は再び緊張した。これは絶対に何かあったのではないかと疑わざるを得ない。探るような眼差しでひたと見据えられ、心臓が跳ねた。

「いえ、べつに。……なんとなく聞いただけですよ」

遥さんの様子がおかしいから、と喉まで出かけたが、さすがにそれは口にしなかった。

隠し事をしているので罪悪感があり、屈託なく笑ってみせることができない。微笑んで冗談めかそうとしたが、うまくいかずにぎこちなくなる。遥の目つきがさらに険しくなったように思え、まともに見返す勇気がなかった。

「食事は？」

遥は話を変え、先に立って廊下を歩きだす。

ホッとしたことはしたが、中途半端のままお互いまだ納得していない据わりの悪さを感じ、佳人は落ち着かなかった。

「すませてきました」

そういえば、バタバタしていて連絡するのを忘れていた。今日は人と会う用事が重なってしまい、移動も多くて慌ただしかった。お茶だけのつもりが食事に誘われて断れず、結局こんな時間になってしまったのだ。

遥は何も言わずに台所に向かう。

放っておけなくて、佳人もついて行く。

「すみません……！　遥さん、もしかして食べずに待っていてくださったんですか」

「まだ食べていなかっただけだ」

淡々とした口調で言われ、佳人はさらに申し訳ない気持ちになる。電話を入れるだけの配慮もできなかったのか、と嫌味の一つでも言われたほうがよほどましだった。

その上、遥は豪勢な食材を使った手の込んだ料理を作ってくれていた。

食べます、と言いかけた佳人を、遥はジロリと一瞥して牽制《けんせい》する。よけいな気遣いは無用だととりつく島もなく突っぱねられた心地で、気まずさが増す。

「風呂が沸いている」

「あ、はい。ありがとうございます……」

遥は佳人に背を向け、鍋を火にかけてブイヤベースを温め直す。

硬い表情の横顔に、早く行けと促されている気がして、佳人は後ろ髪を引かれる思いで台所を後にした。

常から遥は口数が少なく無愛想だが、今夜は輪をかけてそっけない。

いったん二階に上がって、自室でスーツを脱ぎ、部屋着に着替える。

風呂に入る前に、いつもの習慣でパソコンを起ち上げ、仕事関係で毎日チェックしているサイトを巡回する。

そうしながら、頭の中では、機嫌を損ねているとしか思えない遥の態度が何故《なにゆえ》なのか、推し量り続けた。

美樹が連絡してきたのなら、当然、先に佳人と会ったこと、佳人からこの電話番号を聞いたことを遥に話しただろう。どうしてこんな大事なことを前もって言わなかったのかと佳人を詰《なじ》りこそすれ、電話があったことを遥が黙っておく理由はないように思う。

おそらく美樹は関係ない。

だが、それ以外で遥とぎくしゃくする原因に心当たりはなく、佳人は悩んでしまう。

何かしただろうか。いや、それとも、するべきことをし忘れているだろうか。

ここ最近の出来事をあれこれ思い返してみるが、とにかく佳人の中では美樹が持ち込んできた件が大きすぎて、正直、他のことを考えたりしたりする余裕はなかった。遥もずっと出張していたし、その後はお互い予定が合わず、ゆっくり向き合えたのは帰国した日の夜だけだ。そのときも、恥ずかしながらセックスに夢中で話らしい話はしなかった。

それとも、遥が普段と違って見えるのは佳人の気のせいで、本当はなんでもないのか。佳人自身に少なからず疚しいところがあるものだから、変に過敏になってありもしないことを考えてしまうのかもしれない。

考えれば考えるほどわからなくなってきた。

とりあえず風呂に入ってこようと下におりていくと、階段下に遥がいて、入れ違いに二階に上がろうとしていた。

「これからちょっと出掛ける」

えっ、と佳人は驚き、戸惑う。

遥の様子に先ほどまでと変わったところは見受けられず、なぜ急にそんなことになるのかさっぱりわからなかった。

「こんな時間にお仕事ですか」

「辰雄《たつお》さんと軽く飲んでくるだけだ」

ああ、と佳人は納得した。またかという不満もなくはないが、相手が東原辰雄なら佳人が四《し》の五《ご》の言っても仕方がない。東原と遥の間には、佳人の入り込む隙のない密な繋がりがある。そこに嫉妬し始めれば己の首を絞めるだけ、あらぬことを考えて自分が辛くなるだけなので、佳人は一歩退いて寛大な気持ちでいるように心がけている。

「今からだと帰りは午前様になりそうですか」

「わからん」

遥は突っ慳貪に答え、階段を上がっていく。

「遥さん」

佳人は思わず遥の背中に声をかけていた。いくらなんでもぶっきらぼうすぎる。不安が湧いてきて、確かめずにはいられなかった。

「もしかして、おれに怒っていますか?」

遥は階段の途中で足を止め、おもむろに振り返る。むすっとしているだけの表情からは何も読み取れなかった。

「なぜそう思う?」

「なんとなく……です」

「何か身に覚えがあるのか」

そんなふうに聞かれると佳人は返事に詰まる。

ないと即座に答えられなかった佳人に、遥は僅かに苛立った表情をする。だが、追及してはこなかった。遥自身、はっきりさせるのを躊躇っている感じで、普段はせっかちなほうではないはずなのに、ろくに佳人の返事を待たずに言葉を継ぐ。

「久しぶりに辰雄さんに電話したら、そういう話になっただけだ」

言うなり、遥は階段を上がって行ってしまった。

いつものとおり東原から電話をかけてきて遥を誘い出したのかと思いきや、遥のほうが東原に電話をしたと知り、佳人は不穏な気持ちになった。

まるで佳人と過ごすのを避けたがっているかのようだ。

だが、さっきは玄関先まで出迎えにきて、帰りを待ち構えていた様子を見せた。

ちゃんと帰宅するかどうか気を揉んでもいたのだろうか。

遥は肝心なことはなかなか口にしないので、本心が読みづらい。

美樹の件では遥に内緒で勝手なことをしている後ろめたさがあるものの、それ以外で遥を悩ませたり誤解させたりしているつもりはまったくなかったので、佳人は遥が今どんな気持ちでいるのかわからず、困惑するばかりだ。

台所に行くと、食器洗い機が作動していた。温めていたブイヤベースはちゃんと食べたらしい。鍋の蓋を開けて覗くと、たまらなくいい匂いがした。

遥が手の込んだ料理をするのは、趣味には違いないが、同時にストレス解消も兼ねているようだ。以前から佳人はそのことに気づいていた。遥にストレスを与えているのが自分なら、腹を割って話したほうがいい。今夜は無理でも明日こそは、と思った。

しばらくすると遥が二階から下りてくる足音が聞こえた。

廊下に出て、先ほどまで着ていたセーターとスラックスの上にジャケットを羽織っており、腕にトレンチコートを抱えた遥と顔を合わせる。

「必要なら迎えに行きますから、電話してください」

遥の腕からコートを取って、背後に回って着せかける。

「ああ」

あっさり頷く遥に、やはり怒っているわけではなさそうだと確信して、佳人は少し気が楽になった。遥の心中を推し量ることはできないが、佳人には、遥は自分自身を持て余しているように思えた。

ここでいい、と遥が言うので、佳人は見送りを玄関でした。

遥が出掛けてしまったあとの家はしんと静まりかえっていて寒々しい。

不思議なもので、朝出勤した遥が夜になって帰宅するまで、佳人自身は外用事がなくてここで一人仕事をしていたとしても、孤独は感じない。だが、いるはずのときに遥がいないと、寂しさがいや増す。平日の昼間は通いの家政婦、松平が通ってきていて、厳密には佳人一人ではないのだが、他に誰かいるかどうかの問題ではなく、佳人の気の持ちようなのだろう。

長く一緒に暮らしていると、後から考えたら取るに足りないことで悩んだり考えすぎたりして、あのとき自分はどうかしていたと笑うことがあるものだが、今回もまたそうした些細なすれ違いだと思いたい。

風呂に入って湯の中で温まりながら、つらつらとそんなことを考えた。

上がってからも二階に籠《こ》もって仕事をする気になれず、茶の間でテレビをつけて、たまたまやっていたサスペンスドラマを途中から観る。

犯人が誰だか見当がつき始めた頃、手元に置いていたスマートフォンに遥から着信があった。

迎えが必要なら呼んでくださいとは言ってあったものの、実際に遥が佳人にそうした頼み事をしたことは今までなかったので、かかってきはしないだろうと思っていた。

珍しい、と嬉しい気持ちになったのも束の間、遥からの連絡は予想外の内容だった。

『今、辰雄さんの家だ。今夜はこのまま泊めてもらうことになった。明日、昼前には戻る』

「えっ」

佳人は一瞬絶句し、妬きそうになったが、東原の得意満面とした顔が脳裡に浮かび、悔しさからぐっと堪えた。ここで感情的になれば、東原に溜飲《りゅういん》を下げさせるだけだという気がして、持ち前の負けず嫌いが頭を擡げる。

「せっかくの週末を遥さんと過ごせないのは残念ですが、東原さんと積もる話があるでしょうから譲ります」

余裕を見せて聞き分けのいい言葉を並べながら、本音は信じていいんですよねと釘を刺したくてたまらなかった。東原には貴史という恋人がいて、今は貴史以外そうした意味では眼中にないとわかっているので、口に出すのは控えたが、遥の無頓着さと東原の当てつけがましさが恨めしい。二人を信じているからどうにか平静を保っていられるが、僅かでも疑いだすと居ても立ってもいられなくなりそうだ。

今夜の遥はいつもと様子が違っていた。そんなときに突然外泊すると言い出されると、気に病まずにはいられない。とはいえ、佳人は佳人で遥に言っていないことがあって引け目を感じているため、嫌です、と強い態度に出るのは憚られた。

もやもやした気持ちを抱えつつも、遥が今夜は東原と過ごしたいと言うのなら、佳人としては

我慢するしかない。遥を縛りつけて窮屈な思いをさせる気はないし、そんな狭量な自分は想像するだけで嫌だ。

もっと懐《ふところ》の深い、大きな男になりたい。佳人はこれまで以上にそう思うようになっていた。

遥と対等にまでなるのはハードルが高いが、近づけるだけ近づいて、時と場合によっては自分が遥を助けたり支えたりできるようになりたい。そのための努力を今精一杯しているところだ。

サスペンスドラマはいつの間にか終わっていた。

佳人はテレビを消して、台所でコーヒーを淹《い》れた。

密閉容器に保存してある豆を手動のミルで挽《ひ》き、ペーパーフィルターで丁寧に一杯立てする。

その間、佳人の頭を占めていたのは、美樹が電話で話をしていた相手のことだ。

電話の相手が今回の件にかかわりがあるのは間違いない。

これはどうやら美樹の身辺を洗ってみる必要がありそうだ。

直接会って話をしている相手のことを調べるのは、さすがに失礼ではないかと気が咎めるので遠慮していたが、裏で誰かが糸を引いている、もしくは陰に誰かがいる気配がするからには、そんな悠長なことは言っていられない。

美樹の娘の父親は本当に茂樹なのか、それとも別の男なのか、確信を得るためにもう少し詳しく当時のことが知りたかった。

過去を探ることに関しては佳人にもまだできることがある。佳人は桐子にもう一度話を聞こうと考えていた。海水浴に行ったメンバーを思い出してもらい、連絡が取れる人物に片っ端から当たれば、美樹を襲ったのが誰だったか特定できるかもしれない。美樹は三人に襲われたと言ったが、それが事実なら、亡くなった茂樹のほかにあと二人、現場にいた男がいるはずだ。彼らに話を聞けたら、その日何があったのかははっきりする。

淹れたてのコーヒーをマグカップに注ぎ、二階の自室に行く。

ここを遥に「好きに使え」とあてがわれた当初は、シングルベッドと書棚、ワークデスクといったもの以外なかった殺風景な部屋は、今やすっかり佳人のＳＯＨＯ事務所と化している。ベッドは、遥との仲が進んで主寝室で一緒に寝るようになったのを機に処分していたが、変われば変わるものだ。

机についてコーヒーを飲みながらホームページの更新作業などをしているうちに、あっというまに午前三時近くになっていた。

没頭すると時間を忘れる。

最近なんだか遥に似てきたなと思って、おかしくなった。

その遥は今、東原と一緒だ。チリッと胸が焼けるような痛みに襲われ、唇を噛む。敦子にしろ東原にしろ、このところ佳人は妬いてばかりだ。いい加減そんな自分が疎《うと》ましい。

遥なら、逆の立場になってもきっと泰然と構えて「好きにしろ」と言いそうだ。遥が佳人のことで心を乱す様など想像もつかない。遥は佳人が自分にべた惚れしているのを知っていて、揺るぎない自信があるに違いなかった。実際そのとおりだ。佳人は遥を熱愛している。

頭も目も冴えていたので寝ないなら寝ないで朝までいられそうだったが、不摂生は体に毒だと常々遥に言っているのを思い出し、自分がこの有り様では今後遥を諌《いさ》めにくくなりそうだったので、仕事に区切りをつけて寝室に引き揚げた。

五時間ほど寝て、起きたらパンを焼こうと思いつく。

遥の作ったブイヤベースをお昼にいただくとき、焼きたてのライ麦パンを添えたかった。なにか目的があるときは、目覚ましの世話にならずとも自然と起きられる。

朝八時半に目覚め、身支度をすませて台所でエプロンを着け、作業台で材料を計量していたところに、遥が予想外に早く帰ってきた。

「お帰りなさい」

焼き上がったパンと共に遥を迎える予定だった佳人の計画は崩れたが、それより嬉しさのほうが大きく、満面の笑みを浮かべて声を弾ませる。

遥は佳人を見て眩《まぶ》しげに目を眇《すが》め、柄にもなくバツが悪そうな顔をする。

「昨晩は、すまなかった。急に」

「……はい」

いいえ、べつに、と気にしていない振りをすることもできたし、以前ならばむしろそれ以外の返事はしていなかったと思うのだが、今は意地も見栄も張りたくない気分だった。

「寂しかったです、独り寝」

はにかみながら素直に言って俯くと、遥にいきなり抱擁された。

ぎゅっと腕に力を込めて抱き竦められ、遥の熱と匂いに包まれる。それだけで佳人は胸がジンと痺れるほど幸せな心地になった。

顎を擡げて目を閉じ、キスをねだる。

すぐに唇を塞いで啄まれ、舌先で緩く閉じた合わせ目を辿られる。

温かく湿った粘膜を幾度となくくっつけては離し、お互いの熱を感じて息を絡ませた。

「遥さんでも、気持ちを乱すことがあるんですか」

唇をまさぐり、啄み合うだけのキスを小刻みに交わしながら、思い切って聞いてみた。

「ああ」

遥の色っぽい低音が耳朶を擽り、下腹部にズンと響いて、佳人の体を疼かせる。

「そんなことはしょっちゅうだ」

普段、感情を露にすることもめったになければ、胸の内を言葉にしてぶつけてくることもあまりしないので、こうして遥の本音が聞けるのはありがたかった。

「おれのせいですか」

「いや。俺が弱くて腑甲斐ないせいだ」

「遥さんでも自分が弱いと思うときがあるんですか」

ああ、と遥は吐息に交ぜて囁くように返事をする。

佳人は背筋がゾクゾクするほど感じて、小さく身震いした。

「それもしょっちゅうだ」

「……昨日は、どうして？」

「もう忘れた」

遥は切って捨てるように言う。

「くだらない、考えすぎだと、辰雄さんに一笑に付されて気持ちが落ち着いた」

東原と話してすっきりしたのか、遥の口調には迷いがなかった。

贅沢を言えば、遥が愚痴や悩みを余所《よそ》に持っていかず、佳人にぶつけてくれたら嬉しいのだが、それがいかに高望みであるか承知している。これから先もっと成長して器の大きな男になれたなら、遥ももっと佳人を頼ってくれるだろう。佳人のほうが遥に頼るばかりでは嫌だと常々思っているが、現実はそう簡単ではない。遥と東原の関係は、佳人と遥が共に過ごすようになる前から築かれており、その差は一朝一夕《いっちょういっせき》に埋まるものではないと噛みしめる。

今はまだ東原に敵《かな》わないところも多々あるが、いつかきっと負けないくらい頼り甲斐のある男になってみせる。佳人は遥の背中をしっかり抱き寄せ、ひそかに闘志を燃やした。

そんな佳人の気持ちが伝わったかのごとく、佳人を抱く遥の腕の力も強まって、体と体が隙間もないほど密着する。

押しつけ合った下腹部が徐々に硬くなってきて、佳人は羞恥に睫毛を伏せた。

「パンを、焼こうとしていたんですけど」

「あとで手伝ってやる」

遥は佳人の唇を先ほどまでとは打って変わった荒々しさで奪いにきた。

唇をこじ開け、舌を差し入れてくる。

口の中を舐め回され、淫靡な快感に喘ぎながら佳人からも積極的に舌を絡ませる。

濃厚なキスを夢中になって交わすうち、佳人は作業台に尻を乗り上げて座らされていた。

「待って、遥さん」

こんなところで、と息を弾ませて抗議しかけた口を、またもや濡れた唇で塞がれる。

遥はスケールやボウルなどを腕で払って台の上にスペースを作ると、佳人の上体を仰向けに押し倒す。

さすがにこのシチュエーションは初めてで、佳人は羞恥に赤くなって顔を横に倒し、背けた。

「おまえの顔を見たら、やりたくなった」

遥は欲情しているのを隠さず、率直に求めてくる。開けっ広げで気取らないのに品があり、いっそ清々しい。性に対する罪悪感をまったく持っていないところもまた佳人は好きだ。

胸当てつきのエプロンはそのままに、ジーンズとボクサーブリーフを脱がされる。

両脚を抱えられて体を二つに折られると、硬い台に当たる背中が痛い。

「すぐに終わらせる」

遥は色香の滲む声で断りを入れ、剥き出しになった後孔の襞に唾で濡らした指を潜らせる。

「あっ、あ……んっ」

狭い筒の中で指を動かされるたび、佳人はあえかな声で喘ぎ、遥の肩や二の腕に爪を立てた。

慎ましく窄んでいた襞が解れて緩み、ヒクヒクともの欲しげに収縮し始める。内壁も遥の指を離すまいと喰い締め、纏わりついているのが想像に難くない。今まで何度となく言葉にして揶揄され、辱《はずかし》められてきて、自分の体が感じるとどうなるのか嫌というほど教えられている。

遥が空いている手でスラックスの前を開き、陰茎を取り出すのがわかった。

期待に体がさらに熱を帯びてくる。

遥は焦らさず、指を抜くと、唾を塗した硬い先端を襞の中心にあてがってきた。

ずぷっ、と亀頭が襞を割って穿たれる。

「あぁあっ」

佳人は顎を仰け反らせて嬌声を上げ、遥の背中にしがみつく。

「辛いか」

佳人は首を大きく左右に振り、覆い被さってくる遥の端整な顔を潤んだ瞳で見る。

「ください、もっと」

遥はフッと口元を緩ませ、わかった、と言うように目で頷くと、グググッと腰を進めてきた。

2015年
8月10日(月)
発売!!
予約受付中
至福の時間を、あなたの手に。
描き下ろしカラーイラスト&
描き下ろしコミック大量収録
★「式」の大判カラーポスター付き
蓮川 愛 初イラスト集
「LØVE《ラブ》 CØNTRØL《コントロール》」
蓮川 愛 著
Ai Hasukawa
美しい時の空間に住まう恋人達――。
代表作「恋愛操作《コントロール》」をはじめ、数々の美麗カラーを
収録した渾身の初イラスト集。
© Ai Hasukawa/Libre Publishing 2015
●予価●4,600円+税　●仕様●A4変形サイズ　●発行●リブレ出版株式会社 http://www.libre-pub.co.jp/

「はあぁっ……！　ああっ」

張り詰めた太い陰茎が内壁を擦り立てながら深々と佳人の体を貫き、根元まで挿《は》り込《い》む。

みっしりと奥まで埋め尽くされて、遥の熱と脈動を感じ、一つになれた悦びに気持ちが昂る。

「遥さん」

「気持ちよさそうだな」

「あ、だめ。ああ、んっ……！　う、ごかさないで……っ」

「しっかり摑まっていろ」

遥は佳人の背中に負担をかけないように配慮してか、雄芯を慎重に抜き差しする。

「うう……あ、あぁあっ、あっ」

ギリギリまで引きずり出されては、ズズッと挿れ直される。

「……っ、う……ああ、あっ！」

ゆっくり何度も擦って官能を刺激され、勢いをつけた抽挿で得る快感とはひと味違う悦楽を受け取り、上擦った声を上げて乱れた。

息を弾ませ、喘ぎながら視線を上げると、遥のよさそうな顔が目に入る。

「あぁあっ、遥さん」

ズンと奥を強く突かれ、佳人は惑乱した声を放ち、腰を揺すって悶えた。

「佳人」

佳人の中で遥の陰茎がドクンと脈打つ。

遥が精を放ったのと同時に、佳人も後ろで極めた。後孔をぎゅっと引き絞り、ビクビクと全身を痙攣《けいれん》させる。

「んんん……っ、あ……」

「佳人」

わななく唇を情動に駆られたように吸われ、佳人も夢中で応えた。

互いに息を上げたまま小刻みなキスを繰り返し、熱が引いて昂奮が収まるのを待つ。

遥は佳人の汗ばんだ首筋や顎にも唇を辿らせ、ときどき肌の感触を愉しむように吸い上げてきた。後戯の触れ合いの心地よさにうっとりとしてしまう。

やがて、遥は落ち着きを取り戻した陰茎を佳人の中から抜くと、佳人の腕を摑んで上体を引き起こし、「がっつきすぎた」と言い訳とも照れ隠しともつかないセリフを口にした。

「すごく気持ちよかったです」

佳人は作業台に尻を浅く載せたまま、やはり面映ゆさに髪に指を通しながら言う。

遥はティッシュで後始末をして身繕いすると、洗面所に行って濡らしたタオルと乾いたタオルを一枚ずつ持ってきてくれた。

ありがたく使わせてもらい、下着とジーンズを穿き直す。

その間に、遥はエプロンを着け、途中になっていた計量の続きをしてくれていた。

佳人も作業に戻るべく手を綺麗に洗っていると、作業台の隅に置いていたスマートフォンが鳴りだした。

貴史からだ。

その場で電話を受けると、話が美樹のことになった場合、遥の前では受け答えも相談もしづらくなると慮り、佳人は隣の食堂を抜けて茶の間まで行って電話に出た。遥は仕事の電話だとでも思ったのか、ちらりとこちらを一瞥しただけで何も言わなかった。

「おはようございます」

日曜の午前中に貴史から電話をもらうのは珍しい。午後にでもこちらから貴史に電話して、探偵事務所を紹介してもらうつもりでいた佳人は、ちょうどよかったと思ったのと同時に、何かあったのだろうかと訝しんでもいた。

『佳人さん』

貴史の声はいつもと比べて覇気がなく、どこか暗鬱《あんうつ》としていて、佳人は心配を膨らませた。

「どうかしたんですか。貴史さん、具合でも悪いんじゃないですか」

『いえ、体調は問題ありません』

貴史は硬い声で淡々と喋る。

ひどく緊張している様子で、気のせいか怒っているようにも感じられ、佳人は戸惑った。こんな貴史は初めてだ。電話で顔が見えないこともあり、どう言葉を継げばいいかわからず、口を開けない。

何か貴史を怒らせるようなことをしただろうか。だが、貴史とは桐子の件で調査結果を聞いて以来、会いもしていなければ話してもいない。何も思い当たらなかった。

『すみません』

唐突に貴史は謝りの言葉を口にする。

『こんな電話、できれば僕もかけたくはないと一晩自重したんですが、朝になってやっぱり自分の気持ちをごまかせなくなりました』

「どうしたんですか」

佳人は再び同じ質問をした。緊張が佳人にまで伝播《でんぱ》し、胸騒ぎが起きる。

しばらく躊躇う間があったあと、貴史は絞り出すように言った。

『昨晩、東原さんに電話をかけたんです。めったにそんなことしないんですが、昨日はちょっと、その、人恋しくて……会えるなら会いたいと思って』

その段階で佳人にも貴史の落ち込みの原因が察せられた。スマートフォンを耳に当てたまま、茶の間から取り次ぎに出て、台所から最も離れた応接室に移動する。

「貴史さん、遥さんなら……」

もう帰ってきていますよ、と続けようとしたのだが、それを言う前に貴史が遮るように言葉を重ねた。

『今までにも遥さんが東原さんのところに泊まること、あったんですか？』

心持ち棘のある口調で聞かれ、佳人は貴史がひどく動揺しているのを感じた。こんなに余裕をなくした貴史は初めてだ。よほど深く傷ついているのだとわかり、心臓をギュッと絞られる思いがする。

「ないです」

佳人はすぐさまきっぱりと否定した。

ただ否定するだけではなく、もっと言葉を足してきちんと説明したかったのだが、どう言えばいいのかと迷ううちに、貴史に先に口を開かれた。

『そうですか。遥さんは、佳人さんになんでも話すみたいだから、佳人さんも遥さんを信じられるし、落ち着いていられるんですよね。でも、東原さんは僕に必要なこと以外は言わないんですよ。いえ、必要なことでも言わないときのほうが多いかもしれません。昨晩も、電話中に遥さんの声が聞こえたので気がつきましたが、東原さん自身からは、遥さんが泊まりに来ているなんて話、一言も出なかった』

「貴史さん、あの……」

口の立たない佳人には電話で貴史を納得させる自信がなく、これから会って話しましょうと提案したいのだが、貴史はそれを言い出す隙も与えない。

『遥さんは東原さんが僕と電話している最中だとは知らずに、少し離れた場所から声をかけたみたいです。いい湯でした、バスローブお借りしました、と言っているのが聞こえたので、東原さんの家でお風呂に入ったんだとわかりました。僕は東原さんに、今夜泊まりに行ってもいいですかと伺いを立て、東原さんはいつもと変わらない調子で、今夜は都合が悪いので明日ではどうかと答えた直後でした。まさか、遥さんが来ているとは思ってもみなかったので、一瞬頭が真っ白になりました。その場は何も考えられなくて、ならいいです、と言って電話を切ったんですが、結局、一晩中眠れませんでした』

「ちょっと待ってください、貴史さん」

今度こそ、佳人は間髪容《かんはつい》れずに口を挟んだ。

「考えすぎですよ。あの二人が気が置けない仲なのは、今に始まったことじゃないでしょう。確かに遥さんは昨晩東原さんのご自宅に泊まりましたけど、朝九時には帰宅しました。話が弾んだだけで、それ以上のことはなかったとおれは信じています」

本当は、遥が何事か思い煩った挙げ句、佳人と少し距離を置きたくて東原の許へ行ったのだが、それをそのまま貴史に告げて詫びれば、よけいややこしくなる気がして触れなかった。胸の内で貴史に謝る。

『僕は、東原さんと遥さんがなにかの弾みで寝てしまったとしても、少しも驚きません』

冷めた口調で突き放すように言う貴史に、佳人は自分のせいだと責任を感じ、申し訳なさでいっぱいになった。

東原と遥が尋常でなく親密な友人関係にあることは貴史も承知しているはずだが、さすがに泊まりまでは許容できず、一晩中気を揉んでいたのだろう。

佳人自身、遥から電話をもらったときにはいい気はしなかった。己に引け目があったから嫌だと言えなかったが、それさえなければ、あまり嬉しくないと正直に言っていたと思う。貴史の発言はもっともだった。

「貴史さん、これから会って話せませんか。おれ、そっちに行きますから」

『申し訳ないけど、しばらく佳人さんとも会いたくありません』

「貴史さん……！」

『すみません』

引き留めようとしたが叶わず、通話がプツッと切れる。

佳人は茫然《ぼうぜん》として、しばらく応接室に立ち尽くした。

常に冷静沈着で、よほどのことがない限り感情を乱さない貴史が、ここまで余裕を失った態度を見せるのは初めてだ。それだけ深く打ちのめされているのだと察せられて、佳人は胸が苦しかった。自責の念に駆られ、猛烈に落ち込む。

どうにか気を取り直して台所に戻ったのは、五分ほどしてからだった。

「仕事の連絡か？」

小麦粉やドライイーストなどの材料をボウルに入れて捏《こ》ねていた遥が、佳人に視線を向けて聞いてくる。

「あ、いえ、違います」

佳人は努めて明るい声で答えると、本来自分がするはずだったパン作りを遥と共に進めた。

ランチはブイヤベースに焼きたてのライ麦パンを添えて楽しめたものの、佳人は貴史のことが気になって、心に棘が刺さったままだった。

3

しばらく会いたくないと貴史《たかふみ》に言われたのはショックだったが、ここは無理を通すより貴史の気持ちが落ち着くまでそっとしておくほうがいいと思い、もう少し様子を見ようと佳人《よしと》は己に言い聞かせた。

このところ穏やかだった佳人の周辺に次から次へと波風が立つのは、突然過去を引きずって現れた橋本美樹《はしもとみき》の発言に振り回されているせいだ。

とにかく、この件にカタをつけなくてはと決意を新たにした。

美樹の身辺調査を探偵事務所に依頼しようと考えているが、その前にもう一度桐子《とうこ》に会って話を聞いておきたい。海水浴に行った男性メンバーの名前を、思い出せる限り思い出してもらいたかった。

桐子の店は会員制だが、桐子とすでに面識ができているので入れてもらえるだろう。社交辞令かもしれないが、よかったら来てと桐子から誘われてもいた。

月曜の夜、さっそく銀座《ぎんざ》のクラブ『Manon』に行ってみた。

「うわ、久保《くぼ》さん！　来てくれたんだ！　ありがとう」

こうした店で飲んだことなどないので場違いな気がして居心地が悪かったが、桐子が本当に嬉しそうに歓迎してくれたので、それだけでずいぶん緊張が解れた。

店で見る桐子は、髪をアップにして、裾の長いてろんとした生地のドレスに身を包み、大きく開いた胸元に存在感のあるネックレスをつけていた。念入りに化粧をした顔も華やかだ。

「どうせまた例の件で聞きたいことがあるんでしょう」

桐子は屈託なく笑って鋭い指摘をしながらも、サバサバした態度で「いいわよ」と協力的なところを見せる。話しやすい奥のテーブル席に案内してくれた。横長のソファに腰を下ろす。

佳人はお礼代わりに適当な値段のボトルを一本入れた。

そのボトルで佳人の分と自分の分、二杯の水割りを作ってから、桐子は「隣に行ってもいい？」と聞いてきた。それまでは、桐子はスツールに腰掛けていて、テーブルを挟んで佳人と向き合う形だった。

ちょっと困ったが、断るわけにもいかず、頷《うなず》く。

桐子は佳人の隣に座り直しにきた。くっつきそうなほど際どく身を寄せてくる。柔らかな女性の肉体と体温を感じて緊張した。普段縁のない女性ものの香水の匂いもする。移り香が気になったが、表情には出さないように努めた。

「あれから美樹のことで進展あったの？」

「進展は……ありません。それで、もう一度桐子さんに話を聞きたくて来たんです」

「正直ねぇ。いくらイケメンだからって不粋《ぶすい》すぎない？」

「すみません」

イケメンは関係ないのでは、と思いつつ、逆らわないで殊勝《しゅしょう》に謝る。

「ま、いいけど」

桐子はマニキュアを施した長い爪で佳人の膝にぐるっと円を描き、コケティッシュに笑う。

スラックス越しとはいえ、こうした接触に不慣れで戸惑う。

遥《はるか》は仕事柄ときどきこうした店を利用するようだが、やはりホステスからこんなふうにされたことがあるのだろうか、とチラッと考えた。そんなとき遥がどんな顔をしているのか、見たいような見たくないような複雑な気持ちだ。

「で？　この間、知ってることはだいたい話したと思うけど？」

「海水浴に誰と誰が参加していたのか知りたいんです。茂樹《しげき》君と美樹さん以外で」

「えー、全員はわからないわよ。私行かなかったんだし」

「もちろん、わかるだけでいいです」

桐子はうーんと唸《うな》って細い眉を寄せ、指を折り始める。

「企画したのは山田《やまだ》と堀《ほり》だったから、まずこの二人でしょ。あと豪田《ごうだ》。女子は私の知らない子が二人参加するって聞いた。他はちょっと覚えてないわ。十人くらいで行くって聞いたから、もっといたと思うけど」

「その中で、今でも連絡取っている人、います？」

「いないわ」

とうの昔に縁は切れていると桐子は言う。

「あ、でも、半年ほど前、堀には偶然街で会ったわ。美容室で働いてるって言ってたけど。えーっとね、なんて店だったかな……」

桐子はこめかみを押さえて記憶を辿るように顰《しか》めっ面になる。

「新宿《しんじゅく》の『K-style』だったと思う」

「ありがとう。助かります」

そこまでわかれば、あとはインターネットで調べられるだろう。

「ねぇ。二回も協力してあげたんだから、今度はこういうの抜きでデートしてよ」

桐子がしなだれかかってきて、甘えた声でねだる。

佳人はやんわりと桐子の肩を押し戻し、誠意を込めた目で桐子を見据え、「すみません」と詫びた。

「言いそびれていましたが、おれ、同棲しているんです。だから、せっかくですがデートはできません」

「やっぱり、そうかぁ」

桐子は肩を竦《すく》め、佳人から身を離す。

「なんとなくそんな気はしてたけど」

別段恨みがましそうにするでもなく、冷やかすような眼差《まなざ》しを佳人に注ぐ。

「その代わり、今夜はできるだけお付き合いします」

「無理しなくていいわよ。恋人が家で待ってるんでしょ」

自分の聞きたいことだけ聞いてすぐ帰るのは申し訳ないと思い、せめて少しでも売り上げに協力するつもりだったのだが、桐子に気にしなくていいと言われ、佳人はあらためて感謝した。

小一時間ほどで、桐子に見送られて店を出た。

明日さっそく堀智也《ともや》が働いているという新宿の美容室を訪ねてみることにする。

三月は例年決算月で忙しく、遥はまだ帰宅していなかった。

自室のパソコンで『K-style』を検索すると、すぐにホームページがヒットした。スタッフ紹介ページに堀の名前も出ている。ここで間違いないようだ。

初対面の美容師と話をするなら、客になるのが手っ取り早い。

堀を指名して、空いている時間にカットの予約を入れる。午後二時からの枠が取れた。

翌日、佳人は予約時間の五分前に店に着いた。

八階建ての商業ビルの二階に店舗を構える、ごく普通の美容室だ。店内はさほど広くはなく、流行の最先端を行っているような雰囲気もあまり感じられない。佳人にはそのほうがありがたかった。元々お洒落《しゃれ》には興味がなく、髪型もいつも美容師任せで適当なので、スタイリッシュすぎる店は苦手だ。

平日の昼間だからなのか、お客は少なかった。美容師たちも暇そうにしている。ざっと見渡した限り、男性客は佳人一人のようだ。

「いらっしゃいませ。担当させていただく堀です」

受付まで佳人を迎えにきた堀と顔を合わせる。

堀は、ツンツンに立たせた髪を金髪に染めた痩せ気味の男だった。背はそう高くないが、手が長くて全体的にひょろりとした印象がある。ローライズジーンズにTシャツ、ジャケットという出《い》で立ちで、頭に幅広のターバンをしている。

髪をどんなふうにカットするか相談してから、シャンプー台に案内される。

「綺麗《きれい》なダークブラウンですねぇ。染めなくてもこの色って羨《うらや》ましいですよ」

職業柄なのか、堀は快活によく喋《しゃべ》る。ちょっとノリは軽いが、愛嬌《あいきょう》があって取っつきやすい男のようだ。

「こちらは初めてですよね。ご指名ありがとうございます。どなたかの紹介でいらしてくださったんですか？」

力強い手つきで頭皮を洗いつつ聞いてくる。

「ええ、まぁ」

顔にガーゼが被せられているので話しづらく、この場は簡単に答えておいて、シャンプー後に鏡の前の席に座らされてから桐子の名を出した。

「持田《もちだ》桐子？　もちろん知ってます。そうですか、彼女が俺を。嬉しいなぁ」

昔は学校をしょっちゅうサボって遊びほうけていたそうだが、社会に出てからはいっぱしの美容師として身を立てているらしい。カットの技術はもちろん、接客態度もそれなりにできている。

「中学、高校の頃は不満ばっかりで、ずいぶんやんちゃしましたよ。仲間が事故死しなかったら、おそらくずっとあのままで、道を踏み外していたかもなって思います」

佳人の髪を慣れた手つきでカットしながら、ときどき鏡の中で目を合わせ、堀はいろいろ話してくれた。

「実はおれ、事故で亡くなった黒澤《くろさわ》茂樹さんのご家族と親しいんです」

「へええ、そうなんですか。あいつ残念なことになっちゃって……なんと言っていいか」

「よかったら、当時のこと、少し話してくれませんか。茂樹さんと同じ高校だった橋本美樹さんは覚えていますか？」

佳人が率直に頼むと、堀は世間話の延長のような感じで気易く続けた。

「美樹って子、いたかなぁ。仲間と言っても、遊び場になんとなく集まって、その場のノリで一緒にいただけの連中ですけどね。そのつどメンツも違ったし。女子も何人か来ていたけど、その子のことはあんまり覚えてないな」

堀の言うことは桐子から聞いた話と同じだった。

「高二の夏に一緒に海に泊まりがけで行ったと聞きました」

「あー、はいはい、ありましたね、そんなこと」

堀は懐かしそうな口ぶりで言う。掘には楽しかった記憶しかないようで、屈託がなかった。

「あのときは十人くらいいたからなぁ。女子も何人か来ていたけど。夜は砂浜で焚《た》き火して、花火もしましたよ」

「皆一緒にですか」

「始めたときは全員揃っていたけど、途中から抜けたやつらはいましたよ」

「ひょっとして茂樹さんも？」

「いや、茂樹は最後まで俺たちと一緒でした。花火全部燃やしたあと海で泳いだとき、あいつもいましたから」

鏡に映る自分の顔がにわかに引き締まる。

佳人はコクリと喉を上下させ、慎重に確かめた。

「茂樹さんは、夜中に誰かといなくなるようなことはなかったですか？」

「誰かって、ひょっとして女子とですか？　いやぁ、そんなことはなかったと思いますよ。夜の海で泳いだあとも寝るまで民宿の部屋でずっと喋ってたし。だいたいあいつ女に興味薄かったんですよ。だから、兄貴のカノジョをアレしたって聞いたときはびっくり……っと、イケネ」

「大丈夫です。その件、おれも知っています」

さすがにこの話はまずかったか、という表情をした堀に、佳人はフォローを入れる。堀も言うほど悪びれてはおらず、元々お喋り好きらしいのもあって、ここで口を閉ざしはしなかった。

「茂樹は兄貴を嫌ってるような素振りしてましたけど、ありゃかなりのブラコンだぜって陰じゃ皆言ってましたね」

「美樹さんは茂樹さんのことが好きだったみたいですが、報われなかったんですね」

佳人のその言葉が呼び水になったのか、堀はやっと美樹を思い出したようだ。

「あっ、あの子か！　いましたよ、そういえば」

暗くて地味でおとなしすぎたから自分は苦手で、喋ったこともないと堀は言う。

「海水浴にも来てました。誰が誘ったんだって苦笑いしているやつ多かったですよ。たぶん豪田あたりだったみたいですが」

豪田という名前はこれまで何度か耳にしていた。

「その豪田さんという方、美樹さんのことを憎からず思っていたとか？」

普段の自分ならまず避けるであろう下世話な話題だったが、佳人は知りたい一心から聞いた。

「どうですかねぇ。いっぺん寝たい的なことは言ってた気もしますけど。美樹って子、顔は普通なんですが、とにかく胸が大きかったから」

話をしているうちに徐々に記憶が鮮明になってきたらしく、堀は次から次へと思い出したことを口にする。

「豪田と美樹は花火のときにはいませんでしたね。豪田は最後にロケット花火を打ち上げようとしていたとき、ふらっと戻ってきたんでした。どこに行っていた、と誰かがからかってましたよ。いいじゃねぇかって躱《かわ》してましたけど、あれは絶対、ヤッてきた顔でしたね」

堀の話は聞くに堪《た》えなくなってきたが、佳人は眉を顰《ひそ》めることなく、逆に興味津々な振りをする。内心自己嫌悪に陥《おちい》りつつも義務感で我慢していた。

「豪田さんは一人で戻ってきたんですか？」

「一人でしたよ。美樹はどうしていたのかな。あの子、他の女子ともベつに仲良くなかったし、男で相手にするのはそれこそ豪田とか山本《やまもと》とか何人かだけだったから。あんまり誰も気にしていなかったんですよ」

どうやら堀は美樹が朝早く一人で先に帰ったことも記憶していないようだ。

佳人は美樹の話を反芻《はんすう》し、どこまで本当かますます怪しくなってきたと思った。子供ができているのだから海水浴に行った夜、誰かと性交したのは事実に違いないが、それが三人がかりで無理やりだったかどうかは眉唾になってきた。そんな不穏なことがあったなら、堀も何か気づくだろう。一緒に来た仲間が四人もどこかに雲隠れしたら、少しはおかしいと思うのではないか。

「その山本さんというのは、豪田さんと仲良かったんですか」

「よくつるんでましたよ。同じ高校だったし。豪田と山本と茂樹はしょっちゅう一緒にいました。

あの事件起こしたのも、実はその三人なんです」

さすがに後半は声を潜《ひそ》める。

「海水浴に山本さんは行かなかったんですか?」

「あいつは金がないからって言って、来なかったですね」

なんとなく海水浴の夜に何があったのか推察されてきた。

これは豪田にも当たってみたほうがよさそうだ。

「豪田さんとは今、交流あるんですか?」

「俺はないですけど、山本はたまに飲みに行ったりしているみたいですよ。山本は月一くらいでここに髪を切りに来てくれるんで、いまだに付き合いあります」

つい一昨日も来た、と言う。

「こう言っちゃなんですけど、俺も山本もそれなりに大人になったというか、いちおう社会人としてまっとうに生きているつもりですが、豪田はちょっと問題ありで。まともに働かないでパチプロ気取ってるとか、暇さえあれば競輪競馬に出掛けるとか、そんな話ばっかりですよ。数年前から借金まみれだったのは知っているんですが、とうとうヤバイところからも借りて払えなくなったらしくて、今、連絡がつかないって話でした。アパートにも帰っていないみたいで。たぶん、女のところにでも匿《かくま》ってもらってるんじゃないかな。世話をしてくれる女はいるようだって山本が言ってましたから」

堀から聞けそうなことは粗方《あらかた》聞き終えた頃、タイミングよく髪のほうも仕上がっていた。

ケープを外してもらって、佳人は堀に礼を言い椅子を立った。

「どうもありがとうございました。おかげさまでさっぱりしました」

「よかったらぜひまたご来店ください」

堀に見送られて店を出る。

少し短くなった襟足にまだ冷たい春先の風が当たる。

せっかくだからデパートの地下食品売り場で桜餅でも買って帰ろうと、そちらに足を向けて歩きながら、これまでの状況に今し方得た新たな情報を加味して考える。

もしかすると、豪田は今、美樹のところにいるのかもしれない。

堀の話を聞いて、佳人の頭にまずその考えが浮かんでいた。

携帯電話で誰かと話をしていた美樹の姿が脳裡《のうり》を過《よぎ》り、あのときの相手は豪田だったのではないかと思った。借金という言葉からの連想だ。

一度、美樹の家を訪ねてみる必要がありそうだ。

そこに豪田がいると判明すれば、集めた情報と共に美樹にぶつけてみる。美樹も本当のことを話さざるを得なくなるだろう。

美樹からは勤め先の企業名も自宅の住所についても詳しくは知らされていない。聞いているのは、大田区の町工場で働いていて、品川駅《しながわ》で乗り換えるということだけだ。

ここから先は、いよいよ探偵事務所に調査を依頼するしかなさそうだった。

佳人は桜餅を買いに寄ったデパートの地下にある和風喫茶で一休みする間に、タブレット端末で探偵事務所を検索し、口コミなども読み、信頼できそうなところを選んだ。

たまたま新宿に一つ見つけられたので、お抹茶をいただいたあと、そこを訪ねた。

ビルの七階に結構な広さを占める探偵事務所で、推理小説に出てくるような個人経営の小さな事務所とはイメージが異なり、相談から契約までマニュアル通りに進められる印象だった。

今度取り引きする相手が信用できる人物かどうか調べたいと説明し、美樹の身上調査を依頼した。早ければ二、三日で調査結果を報告するとのことだった。受け取りはメールにファイルを添付してもらうようにした。

帰宅すると、通常五時までの契約になっている松平《まつだいら》がちょうど帰るところだったので、余分に買ってきた桜餅を手土産に持たせてやった。

佳人が自宅で仕事を始めたのを機に、家政婦の派遣は断ってもいいかもしれないという話も出たのだが、今や黒澤家に欠かせない存在になっている松平の顔を見られなくなるのは寂しいし、遥も佳人の負担を大きくするつもりはないときっぱり言うので、当面このままで行くことになった。松平ほどの人材ならいくらでも雇い手はあるだろうが、本人も黒澤邸に慣れているので続けさせてもらえる限り続けますと言っている。

今のところ、美樹から遥に連絡は来ていない。

美樹も迷っているのではないかという気がする。

嘘をついてまで遥からお金をもらおうとしたのを、今頃後悔しているのではないか。訴えられたら詐欺罪だ。うまく行きそうになくなって、大胆なことをしてしまったと遅ればせながら怖くなったのかもしれない。

このままこの問題が解決すれば、遥を煩《わずら》わせずにすむ。

美樹の娘の父親が茂樹ではないのなら、遥は無関係だ。ただでさえ決算期で多忙の遥によけいな負担はかける必要はなかった。

最初から美樹について調べればもっと早く解決できたのかもしれない。遠回りをしてしまった感はあるが、茂樹のことを何人かの口から語ってもらえて、佳人自身誤解が解けたところがあったので、これはこれでよかった気がする。

今回の一件が収まるところに収まったら、遥にも話そうと思っている。

そうすることによって、遥が胸の奥に燻《くすぶ》らせている蟠《わだかま》りが少しは軽くなるかもしれない。

佳人はそれを一番望み、期待していた。

*

探偵事務所に調べてもらった美樹の自宅は、木造モルタルアパートの二階端の部屋だった。

錆《さ》びた鉄製の外階段を上がっていくと、通路にドアが四つ並んでいて、いずれも表札は掲げられていなかった。

一番奥のドアも同様だったが、佳人は勇気を出してドアホンを鳴らしてみた。

ピンポン、と中で音がするのが聞こえる。

一分近く待ったが応答はない。

平日の昼間だから美樹は仕事に出掛けているはずだ。それは承知の上で来たので、がっかりはしなかった。探偵事務所の報告通りここに豪田がいるなら、どんな男か会ってみたかったのだが、そう簡単には姿を見せてはくれないようだ。

今日は金曜だし、豪田はまたパチンコをしに行っているのかもしれない。

パチンコ店では土、日に集客をするために金曜日はクギを開けて出玉をよくすることがある。出る店だと思わせ、週末の客足を増やすのだ。打ち慣れた客はそういった事情をちゃんと踏まえている。報告によると豪田は最寄り駅近くの店に週に三度は顔を出すらしい。留守の可能性は低くなかった。

念のために再度鳴らしてみたが、やはりドアが開きそうな気配はない。

諦めて踵《きびす》を返しかけたとき、内側でゴソッと微《かす》かな音がした。

誰かいる。おそらく豪田だ。娘は隣町の曾祖父の家に行ったきりで、まだ戻ってきていないと報告書に記載されていた。学校にも曾祖父宅から通っているという。

どうやら居留守を使うつもりのようだ。ドアスコープを覗《のぞ》いていて、うっかり音を立ててしまったらしい。本人もさぞかしヒヤリとしただろう。

佳人はそのまま気づかなかった振りをして立ち去った。想像していた以上に借金取りを警戒しているようなので、粘ったところでドアを開けそうにないとわかった。

豪田が佳人の顔を見たのなら、美樹に、昼間こんな年格好の男が訪ねてきたと、たぶん言うだろう。それを聞いて美樹は佳人である可能性を考え、何もかも調べられていると観念してくれるのではないかと期待する。できることなら、調査報告書など突きつけずに、穏便《おんびん》にすませたい。嘘だと認め、二度としないと約束してくれさえしたら、全部水に流すつもりだ。遥もきっと佳人と同じようにすると思う。

豪田に佳人の来訪を知らせられただけで、報告書にあった美樹の自宅をわざわざ訪ねた甲斐《かい》はあった。

階段を下りて、道路を挟んだ斜向《はすむ》かいにあるコンビニエンスストアの前まで来たところで、何気なく美樹の部屋のドアを振り仰ぐ。すると、まさかのタイミングでドアが薄く開くのが見えた。ドアチェーンを掛けたまま、通路に誰もいないかどうか慎重に見極めているようだ。

佳人は咄嗟《とっさ》に店内に入った。

窓際にある雑誌が置かれたラックの前で適当な週刊誌を手に取り、立ち読みする振りをして、ガラス越しに様子を窺《うかが》う。

いったん閉まったドアが再び開き、スウェット上下を着た男が出てきた。

豪田は写真で見たとおり、無精髭を生やし、ボサボサに伸びた髪をしている。左右を見渡す眼差しは険しく、表情に怯えと苛立《いらだ》ちが表れている。だらしがなくて、粗暴そうな印象があった。

店内にいる佳人を見つけた様子はなく、しばらくすると家の中に引っ込んでドアを閉めた。

やはり佳人の訪問が相当気になっているようだ。

この分だと、明日にでも美樹から連絡があるかもしれない。

そんな予感を抱えながら駅に向かっていると、スマートフォンに松平から電話がかかってきた。何事かと思いきや、クール便で牡蠣《かき》が届いたのだが、今夜の晩ごはんの支度はしたほうがいいのか、それともしないでいいのか聞かれる。

誰が送ってきてくれたのか確かめると、サプライズ好きの山岡《やまおか》物産三代目社長、山岡正俊《まさとし》からと言う。しばしば唐突に様々な物を送ってくる。遥はこれを自分への挑戦だと感じているようだ。それは穿《うが》ちすぎな気もするのだが、二人は何かにつけて張り合う仲なので、遥の気持ちもわからなくはない。

「今夜はその牡蠣をいただきますので、晩ごはんは用意していただかなくて大丈夫です」

松平に返事をして電話を切って、佳人は久々に手料理で遥の帰りを待とうと思いついた。

牡蠣があるのなら、生でももちろんいいし、煮たり焼いたりごはんと一緒に炊き込んだり、いろいろな食べ方ができる。

明日は土曜で、今夜は夜更かししてもかまわないだろうから、シャンパンかワインを買って帰ることにした。日本酒はまだ残っているので、もちろん冷やでも熱燗《あつかん》でもいい。

佳人がこんな気持ちになれたのも、懸案だった美樹の件にようやくカタが付きそうな目処《めど》が立ったからだ。

探偵事務所に調べてもらったところ、以前から豪田と美樹は男女の関係にあり、豪田は美樹にしばしば金の無心《むしん》をしているようだ。職場にまで押しかけてきたこともあったらしい。豪田は現在無職で、借金で首が回らない状態だ。闇金業者から相当厳しい取り立てを受けており、二月半ばから自宅に帰らず、美樹の部屋に隠れている。娘が曾祖父の許に行ったままなのは、介護が必要な曾祖父を心配してということももちろんあるが、以前から豪田を嫌っていて、それが原因で美樹との関係がぎくしゃくしているからではないかと思われる。

美樹は勤務態度も真面目で、生活も慎ましやか。隣近所でも職場でも評判は悪くない。娘の教育にも熱心で、稼ぎの大半は娘のために費《つい》やしているらしい。

その一方、豪田のような男に絆《ほだ》されて妙な使命感を抱き、他人の忠告に耳を貸さない頑《かたく》なさがあって、付き合いづらい一面がある。両親や兄弟とは絶縁状態、親しい友人は一人もいないようだと記されていた。

豪田が美樹の部屋に出入りしているところを捉えた写真を見せ、借金取りから逃げている事実と、桐子や堀から聞いた過去の話を突きつければ、美樹はきっと折れるだろう。今頃は本人も、なぜこんな大それたことをしてしまったのかと後悔し、一時も気が休まらない心地でいるのではないかと思われる。ホテルのラウンジで会ってから一週間経《た》つが、まったく音沙汰がない。いっそこのままうやむやにしてしまってもいい気もしている。最終的には遥に判断を任せるべきだろうと思う一方、茂樹は無関係だと十中八九確信が持てたので、わざわざ遥に今回の一件を知らせる必要はないかもしれないとも思い、佳人はまだ迷っていた。

最寄りの駅で電車を降り、最近できた高級スーパーマーケットに寄って、食材とシャンパンを調達する。輸入食料品を多く扱うチェーン店で、自宅近くに出店してくれて重宝《ちょうほう》している。遥も休みの日に散歩がてらよく覗いているようだ。普通のスーパーマーケットでは見かけないものがたくさん置いてあるので、料理の腕が鳴るらしい。

貧しくて苦労していた頃は、食材を無駄にすることなく工夫して使い、少しでも食費を抑えるために料理をしていたが、それなりに稼ぐようになってからは息抜きの意味合いが濃くなってきた、俺も偉くなったものだ、と自嘲《じちょう》気味に言う遥が愛しい。

佳人にとっての料理は、最初は仕事だった。始めた頃は包丁の握り方もぎこちなく、指は切るわ火傷はするわで、毎日傷だらけになっていた。今となっては、どうしてあんなに不器用だったのかと、自分でも失笑してしまう。

遥はどんな料理を作っても、むすっとした表情を変えず、黙って食べてくれた。美味しいのかまずいのか、口に合うのか合わないのか、何一つ言ってくれないので、出すたびに緊張したものだ。あの頃の、常に遥の顔色を窺っていた自分が懐かしい。

一緒にいる時間が長くなるにつれ、遥に対して遠慮が薄れ、いささか図々しくなりすぎているのではないかと、ときどき自省する。

佳人の中には、遥と対等に渡り合いたい気持ちと、とことん尽くしたい気持ちが共存している。どちらも根っこにあるのは、遥を守りたいという想いだ。早く一人前になって、いざというときには遥を支えられるくらい逞《たくま》しくなっていたい。遥を頼るばかりのお荷物でいるのは嫌だ。矜《きょう》持《じ》が許さない。

遥のことを考えていると、性懲りもなく体が熱くなる。何年経っても気持ちが浮つくのを抑えられない。きっと一生遥に対してドキドキしっぱなしのような気がする。

食材を提《さ》げて帰宅した佳人は、松平が冷蔵庫に入れておいてくれた牡蠣を取り出し、立派さと量に驚いた。料理した頃合いを見計らって、山岡がひょっこりと食べに現れるのではないかと慮《おもんぱか》りたくなるほどだ。

さてどうするか、と牡蠣を前にして思案する。

生牡蠣は外せないので、まずそれを一皿分分けておく。ソースはトマトケチャップベースのカクテルソースがスタンダードでいいだろう。

焼いても蒸しても、グラタンにしてもいいが、シャンパンがあるのでアヒージョにしてバゲットを添えるのはどうかと思いつく。ニンニクと唐辛子を利かせた低温のオリーブオイルで揚げ煮するスペイン料理だ。

炊き込みごはんも美味しいし、チャウダーやシチューに入れてもいいだろう。

あれこれ考えながら、とりあえず殻剝《からむ》きに取りかかる。

キッチン鋏《ばさみ》と、送られてきた牡蠣に同梱されていたナイフを使い、スツールに座って作業台で奮闘《ふんとう》しているうちに、遥がいつになく早い時間帯に帰ってきた。

台所を覗きにきた遥は、牡蠣の山を見て目を眇《すが》め、床に置いたままにしていた発泡スチロールの箱に貼られた送り状を見て、ああと納得した顔をする。

「今度は牡蠣か」

「すごい立派な牡蠣ですよ」

遥はフンとそっけなく鼻を鳴らしただけだったが、悪くない贈りものだと思ったのが僅かな口元の緩みから察せられた。

いったん部屋に上がって部屋着に着替え、十分ほどで戻ってくる。

フックに掛けてある胸当てエプロンを取って着ける遥に、佳人は冗談めかして言う。

「ちょうど食べ始める頃に山岡さんがいらっしゃるかもしれませんよ」

「そう思って、さっき来るなと電話しておいた」

えっ、と佳人は目を瞠《みは》って苦笑する。

「もちろん礼も言った」

ムスッとしたまま付け足す遥を、佳人は不謹慎ながら可愛いと感じてしまった。

「あといくつ開けるんだ」

「えっと……生牡蠣用に六つ。お任せしていいですか」

「ああ」

佳人は遥にスツールを譲《ゆず》り、剝き終えた牡蠣を入れたボウルを持って流し台に立つ。

一つ一つ優しく扱って、軽く洗い流しながら、「今日はずいぶん早かったんですね」と遥に話しかけた。

「予定が一つなしになったので、出先からそのまま帰ってきた。柳《やなぎ》係長からも、俺が会社に戻ってきても邪魔なだけだから、たまには早く家に帰ってくれと電話で言われたしな」

「係長らしい言い方ですね」

無骨《ぶこつ》だが人のいい柳の顔を脳裡に浮かべ、佳人は自然と微笑んでいた。柳は遥の働きすぎをいつも気にかけ、しばしば荒っぽい口ぶりで諫《いさ》める。遥も柳には頭が上がらないところがあるようで、比較的素直に言うことを聞く。

「おれはすごく嬉しいです。遥さんが早く帰ってきてくれて。週末だし」

互いに背中を向けているので、いつもははにかむ言葉もすんなりと出る。いろいろと期待しているのが、つい熱っぽくなってしまった語調に表れている気がして、我ながら面映《おもは》ゆい。

「俺もおまえがうちにいてくれて嬉しかった」

遥もボソッと言う。

独り言のように低い声音だったが、佳人は水を使いながらもしっかりと聞き取り、胸が締めつけられる心地を味わわされた。

佳人が最近、遥に内緒で美樹のことにかまけていたせいで、遥は佳人が考えていた以上に心を乱していたらしい。それがひしひしと伝わってきて、申し訳なさでいっぱいになった。自分を殴りつけたいくらい己に腹が立つ。

「すみません。おれ、遥さんに黙って勝手なことをしていました」

美樹のことを話すなら、あらたまって慎重に事を運ぶつもりでいたのだが、つい気持ちが先走ってしまい、時も場合も関係なく言葉が口を衝《つ》いて出ていた。体裁《ていさい》などどうでもいい、とにかく遥に全部打ち明け、誤解させていることがあるならそれを解かなくてはと心が急《せ》いていた。

「……勝手、とは？」

努めて感情を押し殺した感じの声で聞かれ、佳人はハッとする。遅ればせながら、こんな形で洩らしてしまったことを、しまったと後悔した。

軽く水洗いした牡蠣をパットに並べ、濡れた手を拭いて遥を振り返る。

「いいから、そのまま手を動かせ。俺もそのほうが話しやすい」

遥は背中を向けたまま、器用に牡蠣殻の隙間をナイフで開けながら言う。

大切な話だから、きちんと向き合って話さないと悪いと思った佳人だが、遥がこのままのほうが気が楽だと言うのなら、異論はなかった。

まずはアヒージョを作ることにして、ニンニクを二かけら、皮を剝いてスライスする。

料理はタブレット端末でレシピを見ながら、書いてあるとおりにするだけだ。頭で考えているのは、遥にどこまで話すか、だった。美樹が遥の出張中に訪ねてきて、そのことをすぐに遥に言うのを躊躇《ためら》い、敦子《あつこ》に会いに行った……そこで佳人はさっそく迷う。遥は敦子のことを聞きたいだろうか。それとも聞きたくないだろうか。敦子のことを思い出すのは辛いから嫌だというわけではなく、聞けば放っておけない気持ちになるから聞くのを躊躇う——遥ならそういうこともありそうな気がする。遥は佳人の前で決して敦子の話題を持ち出さないので、実際のところ佳人にはわからなかった。あれこれ思い悩んでいるうちに思考が行き詰まり、混乱が増す。

遥は佳人を急かさなかった。

佳人が言葉を選んでいるのをしばらく静観していたが、やがて、フッと一つ息を洩らすと、おもむろに自分から口を開く。

「女と……会っているところを見た、とわざわざ俺に教えてくれた社員がいてな」

「……えっ？」

唐突すぎて、佳人は虚《きょ》を衝かれてしまった。

頭の中で、敦子、桐子、美樹の顔が次々と浮かんでは消える。心当たりが多すぎてわからなかった。それくらい最近は女性と会う機会が多かったのだとあらためて自覚する。いずれもまったく色めいた話とは無縁だったので、佳人自身は全然気にしていなかった。しかし、もし遥が何も知らない第三者によけいなことを聞かされたのだとすれば、さぞかし不快だっただろう。床に額を擦りつけて謝っても足りないかもしれない。

唯一の救いは、遥に言葉を継がせる前に、美樹とホテルのカフェで話したとき、四人でお茶をしに来ていた女子社員らに会ったのを思い出せたことだ。迂闊《うかつ》にも綺麗さっぱり忘れていた。その直後に美樹が訳ありな様子で電話しているのを聞き、そちらにすっかり頭が行ってしまった。

「あ、あれは、違います」

場所がたまたまホテルだったこともあり、遥に変な想像をさせたのかと動揺して、佳人は言葉が喉に痞《つか》えるほど狼狽《うろた》えて否定した。

ああ、と遥も落ち着き払って返事をする。誤解はしていないようだ。

「仕事相手だろうと俺は疑いもしないで頭の中で片づけていたし、全然気にしていないつもりだったが、実際は自分で思っていた以上に、この一年あまりのおまえの変化に戸惑っていたようだ。女と会っていたことが気になったわけじゃなく、そこからいろいろな想像をして落ち着かなくなったと言えばいいか」

遥の言葉には、不器用ながら、己の気持ちを見つめ直し、精一杯素直になろうとしているような真摯《しんし》さと誠意が感じられ、佳人は胸に来た。

「変化、ですか」

遥の口から戸惑うなどという言葉が出るとは思ってもみず、困惑しもした。

佳人はつい手が止まりそうになるが、遥は牡蠣の殻を手際よく剝き続けている。口とは裏腹に動揺のかけらもなく、泰然《たいぜん》と構えているようにしか傍目《はため》には見えず、精神力の差を感じる。

佳人も気を取り直し、鷹の爪を小口に切りながら、遥の話に耳を傾けた。

「おまえのことは、俺がずっと守っていくんだと思っていた。その覚悟で抱いたつもりだったから、こんなに早く俺の許を離れて独り立ちできるまでに成長するとは、正直予想していなかった。おまえには俺が必要なはずだと高を括《くく》っていたんだ」

遥は感情を含ませずに淡々と喋るのだが、佳人には遥の心の揺れがそこはかとなく感じ取れ、胸がざわめいた。

「離れる気はありませんよ。お互いにそう約束したじゃないですか。何度でも誓いますよ」

それだけは誤解しないでほしくて、佳人は感情を昂《たかぶ》らせた。

「まったく逆です。おれは遥さんと一生連れ添いたいから、遥さんに見合う男になりたくて、なんの自信もないけれど闇の中を手探りするみたいな危なっかしさで今ここに立っているんです」

必死な気持ちで訴えながら、じわっと目頭が熱くなってくる。

遥がそんなふうに思っていたとは想像もしなかった。

「俺は、たぶん、おまえが思っているよりずっと臆病で矮小《わいしょう》な男だ。今回も、後から少しずつ気持ちが塞いできて、平静でいられなくなった」

「遥さんが臆病で矮小なら、おれは狭量《きょうりょう》で醜《みにく》い嫉妬心《しっとしん》の塊《かたまり》です」

佳人は、己を卑下するわけではなく、常々感じているままを遥に言った。

遥がどんな表情をしているのか見たい気もしたが、そうすると今の自分の顔も見せることになる。それはちょっと恥ずかしかった。きっと感情が露《あらわ》になった、見るに堪えない歪み方をしているに違いない。今にも涙が零《こぼ》れてきそうで、堪《こら》えるのに必死だ。そんな情けない顔は見せたくない。たまには背中同士で話すのもいいだろう。お互いに顔が見えない分、これ以上ないほど素直になれそうだ。

「おまえは、しなやかで、強くて、清々しい男だ。努力を惜しまないし、未知の世界に飛び込む度胸もある」

遥は一語一語選ぶようにして話す。慣れない言葉を探しながら表現しようとしてくれているのがわかり、心を摑まれた。

「それを先にやってのけているすごい人が身近にいますから」

佳人は本人を前にして言う照れくささに頰を火照《ほて》らせつつ、棚からフライパンを取って、少量のオリーブオイルでニンニクと鷹の爪を炒め始めた。オイルが熱くなりすぎて焦《こ》がさないように気をつけ、香りが立つまで火を通す。

「でも、おれは遥さんが嫌だと思うことはしたくないです。自分で事業を興《おこ》すことに拘《こだわ》っているわけじゃないし」

「俺がおまえに、やりたいことがあるなら死ぬ気でやれと言った。秘書を辞めさせたことは後悔していない。いずれ俺を追い抜くほど稼ぎがよくなっても、かまわない」

遥はきっぱりと言う。迷いはいっさい感じられなかった。

「だから、落ち込んだのはべつにおまえが悪いわけじゃない。辰雄《たつお》さんの言うとおり、俺がつまらないことで悩みすぎたせいだ」

「つまらないことって、どんなことですか」

「おまえも男だということだ」

にわかには意味がわからず、佳人は「……え？」と首を傾げた。

「女を抱いて子作りしたくなる日が来るんじゃないか、と考えたんだ」

遥はぶっきらぼうに言う。

「そういうことなら仕方がない、別れてやらないといけないだろう、と思った」

「な、なんでそんなふうになるんですか……っ！」

あまりにも面食らってしまって、佳人は思わず大きな声を出していた。

「おれ、たぶん女の人の裸を見ても何も感じませんよ。子供自体は嫌いじゃないですけど、自分の子が欲しいと思ったことは一度もない。むしろ、それ、おれが遥さんに対して考えないといけないことじゃないんですか？」

「俺は子供は苦手だ」

「知ってます」

いつだったか、二日か三日、仕方ない事情があってAV女優の子供を預かったことがあった。そのときの遥のぎこちなさを思い出し、佳人は込み上げてきた笑いを嚙み殺すのに苦労する。ここで笑えば、遥は確実に機嫌を悪くするだろう。

内心クスッと笑わせてもらえたおかげで、先ほどまで昂っていた気持ちがようやく治まってきて、少し余裕も出てきた。

「東原《ひがしはら》さんが馬鹿馬鹿しいと一蹴《いっしゅう》してくれてよかったです」

直接この話を遥から聞いていたら、佳人は啞然《あぜん》として、やはり同じことを言っていただろう。

「まぁ、その、おれも遥さんがいつかは女の人と所帯を持ちたがるんじゃないかと真剣に悩んだ時期がありましたから、気持ちはわかります。わかるというか、おれのほうが切実だったと思うんですが」

「彼女のことか」

遥はすぐに敦子とのことを頭に浮かべたようだ。

「……はい」

佳人はごまかさずに肯定する。

遥と本音で話し合えている感じがあって、腹を割るのに躊躇いはなかった。

「本調子じゃなかったときの話だと言っても、何もなかったことにできないのは当然だ。悪かった、本当に」

「いえ。おれは遥さんに謝ってほしいわけじゃありません。むしろおれのほうが謝らないといけないことがあるくらいです」

「なんだ？　彼女のことでか」

遥が形のいい眉をツッと顰めるのが見えるようだ。

佳人は敦子の話をする前に、一つ遥にどうしても確認しておきたいことがあった。佳人自身にとっては聞くまでもない質問ではあるが、貴史に胸を張って断言するために、遥の言質《げんち》を取りたかった。

「おれも正直に言いますから、遥さんも……答えてもらっていいですか」

遥に無言で促されている気配を感じ、佳人は言葉を継いだ。

「東原さんの家に泊まったとき、本当に何もなかったんですか？」

「なかった」

遥の返事には一片の迷いもなく、これ以上ないほどはっきりしていた。

「疑っていたのか」

「いいえ。でも、貴史さんはひどく不安定になっているようでした」

「執行《しぎょう》のほうか」

たちまち遥の声が鬱《ふさ》いだように暗くなる。

「悪いことをした。……俺が考えなしだった」

遥にとっては、東原と間違いが起きることなどあり得ず、それが前提での付き合いだからこそ、周りがそうは受け取らないかもしれない可能性に思い至らなかったのだろう。

「貴史さんは、長いこと東原さんの気持ちがわからないまま振り回されてきたから、東原さんを信じたい気持ちと、あんな人だから常識が通用しないところがあってもおかしくないという不安の間で揺れているんです。普段はあれだけしっかりしている人が、すっかり余裕をなくしていました。おれにも責任の一端があるから申し訳なくて。心配なんですが、今は会いたくないと突っぱねられたので、しばらくそっとしておきました。でも、やっぱりこのままでは嫌だから、近々連絡を取ってみようと思います。遥さんがきっぱり否定してくださったので、そう伝えてあげてもいいですか」

「むろんだ。俺が直接会って説明したほうがよければそうするが」

「まずは、おれのほうで貴史さんと話をしてみます」

「わかった」

遥は必要ならいつでも貴史に謝罪するつもりらしかった。

「それで、おまえのほうはなんだ。このところあちこち出歩いて何やら調べていたようだが」

さすがに遥は佳人が調べものをしていることには気がついていた。

佳人は、すでにこのときには、遥に包み隠さず最初から全部話すと腹を決めていた。

フライパンにオリーブオイルをカップ一杯足らず注ぎ足し、油が熱くなるのを待つ間、美樹が訪ねてきたところから話しだす。

「茂樹に強姦されて妊娠したと言ったのか。あいつに関しては、何を聞かされても今さら驚きはしないが」

案の定、遥の反応は冷ややかだった。

だが、よく聞くと、やはり声に失意と苦悩が混じっているのが佳人にはわかり、遥が見かけほど冷静でないことが察せられた。

「遥さんなら、美樹さんからそう言われてすんなり信じましたか?」

「……」

遥は答えなかった。

口では見下げ果てて愛想を尽かしたふうなことしか言わないが、共に苦労して育った実の弟を、遥のような情の深い男が心底憎むことなどできるはずがない。許したくても許せない辛さをずっと抱えてきたのだと思う。佳人はそれにうっすら気がついたからこそ、なんとか遥を弟の件で楽にしてやれないかと考えるようになったのだ。去年、遥を、自分の両親の墓参りにかこつけて、茂樹の墓にも行きませんかと誘ったのも、そんな気持ちからだった。

「美樹さんは、たぶん遥さんならこの話を頭から信じると踏んでいたみたいですが、おれは、遥さんもやっぱり疑ったと思いますよ」

佳人は遥の代わりに答え、そっと背後を振り返る。

遥は肩を落とし、背中を僅かに丸めていた。すでに牡蠣は頼んだ数だけ開け終えたようで、殻付きのままバットに並べてあった。

油さえ扱っていなかったなら、今すぐ背中から抱きしめたい衝動に駆られた。

遥を愛しく想う気持ちが胸の奥から迫り上がってくる。

「おまえは、茂樹を信じて、その女の言うことを疑ったから、調べてくれていたのか」

「はい」

佳人は短く答え、すぐに「でも」と本音を晒《さら》す。

「美樹さんの言うことが嘘ならいいと思った一番の理由は、遥さんに敦子さんを思い出してほしくなかったからなので、最初はまったく利己的な気持ちからでした。嘘なら遥さんにこの件を言う必要がなくなる。そう考えたんです」

「そうか」

遥は佳人が勝手なまねをしたことを責めなかった。

「彼女に、会いに行ったのか」

「はい」

佳人は今度こそ怒られる覚悟で神妙に肯定したが、遥はやはり穏やかな口調でもう一問いしただけだった。

「元気そうにしていたか」

「ええ。相変わらず品があって知的で綺麗で、しっかり生きていらっしゃるなと思いました」

「そうか」

もっと話したほうがいいのかどうか迷ったが、遥は相槌《あいづち》を打つだけで自分からあれこれ質問してくる気配はなく、このまま話題を美樹に戻してもかまわなそうだった。今全部語らなくても、遥が聞きたくなったときに訊ねてくれたら、佳人はいつでも答えられる。それでいいのではないかと思った。

遥もこれ以上は喋ってくれないだろうと思っていたが、意外にも、再び口を開いた。背筋もいつものとおりにすっと伸ばす。

「俺も、あいつに対してもう少し心を開こうかと思い始めた」

あいつ、とは茂樹のことだろう。

佳人は軽く目を瞠り、遥の心境の変化を、僅かな驚きと大きな嬉しさをもって聞いた。

「ずっと頑なだったのは自覚している。だが、そこには俺の思い込みや勘違いもあったかもしれない。茂樹を信じたいと思ってくれたおまえの心根に触れて、俺は自分が恥ずかしくなった」

「遥さん」

佳人は遥の背中に向かって、力強く言った。

「俺が聞いた、茂樹さんに対して周りの人たちが思っていたこと、今度ゆっくりお話しします」

遥さんが茂樹さんのことを見直す上で役に立つことがきっとあるんじゃないかと思います」

「ああ。ぜひ聞かせてくれ」

遥の返事には迷いがなかった。

佳人は今回自分のしたことを、よかった、とこの瞬間、最も強く感じられた。

オリーブオイルの温度が上がってきたので、水気を拭き取った剝き身の牡蠣を一つずつフライパンに入れていった。

牡蠣に火が通ったら塩と胡椒で味を調《ととの》え、仕上げにみじん切りにしたパセリを散らす。バゲットを切って添えれば一品完成だ。

遥がバットを手に流し台にやって来た。

流し台とガスコンロは直角に折れたそれぞれの辺にある。横並びではなかったが、遥が作業台にいたときより距離が近くなったように感じる。

遥は殻付きの牡蠣を流水でしっかり洗うと、大皿に並べ、くし切りにしたレモンを添えた。

「ソースはどうする?」

「ケチャップとウスターソースとわさび、あとレモンで」

「カクテルソースか」

遥は材料を小さなボウルに入れて混ぜ合わせ、さっと作る。

佳人が作っていた牡蠣のアヒージョも出来上がったので、器に盛って、茶の間に運ぶ。

茶の間の座卓はまだコタツのままだ。寒《かん》の戻りがあるので、三月になっても片づけられずにいる。毎年だいたい下旬まで出しっぱなしだ。

エプロンを外してコタツに脚を入れる。

冷蔵庫で冷やしておいたシャンパンを遥に開けてもらい、フルートグラスに注ぎ分けた。

適当に選んだボトルだったが、牡蠣に合いそうな味でよかった。

話の続きは食事をしながらすることになった。

「敦子さんに茂樹さんのことを聞くのは酷《こく》かと思ったんですが、敦子さん、気丈にいろいろと話してくれました」

トースターでカリッと焼いたバゲットを熱々のアヒージョに浸して食べたり、生牡蠣を味わったりしながら、佳人は順を追って話を続ける。

遥は聞き役に徹しており、ときどき相槌を打つだけで、質問を挟んだり、自分の考えを述べたりすることはなかった。いつもたいていこんな感じだ。

ホテルで美樹と会ったときのことも説明した。

元々短絡的に浮気を疑いはしていなかったようだが、詳細を聞いてさらに安堵《あんど》したようだ。微かな表情の変化から遥の気持ちが汲《く》み取れ、佳人はきちんと弁明できてよかったと思った。

「ホテルでお茶を飲んだり、銀座のクラブでボトルを入れたり、わざわざ髪を切りに行ったりおまえも大変だったな。おまけに最後は探偵事務所に身上《しんじょう》調査依頼か」

話を終えた佳人に、遥は呆《あき》れたといわんばかりの顰《しか》めっ面をする。

佳人の諦めなさを労《ねぎら》うような、それにしてもどう反応していいかわからなそうな、なんとも言い難《がた》い表情で佳人をじっと見る。

だが、遥が本当に告げたかったのは、次に口にした言葉だったようだ。

「すまなかったな。気を遣わせて」

それだけで佳人は報われ、晴れやかな気持ちになれた。

大部分は、これで遥に隠し事がなくなったという嬉しさだ。やはり、苦しかった。胸に重しを抱え込んでいるようだった。遥に秘密を作るのはもう懲《こ》り懲《ご》りだと痛感する。

「おれのほうこそ、すみませんでした。やっぱり最初から遥さんに話すべきでした。途中で何度かそう思ったんですが、結局、今日まで話さなくて、勝手なことばかりして。おれが……焼きもちやきだったから」

遥が敦子と連絡を取り、また会うことになったらと思うと、心穏やかでいられなかった。遥を信じていないわけではなかったが、会ってほしくない気持ちがとても強かったのだ。言い訳はできない。遥に軽蔑されても仕方がないと覚悟する。

「妬《や》いたのか」

感情の籠《こ》もらない静かな声が佳人の耳朶《じだ》を打つ。

佳人は俯《うつむ》きがちになったまま、はい、と小さく頷《うなず》いた。

ひたと見据えられる視線を感じて、穴があったら入りたい心地になる。

不意に遥の手が伸びてきて、顎を摑んで擡《もた》げられる。

顔を上向かされ、遥の顔をすぐ間近に捉えて目を瞠った途端《とたん》、唇を塞がれていた。

弾力のある温かな唇が押しつけられてきて、佳人は睫《まつげ》毛を伏せた。

チュッと音をさせて啄《ついば》まれる。

粘膜と粘膜を接合させる心地よさと淫靡《いんび》さにうっとりする。

佳人は遥の肩に両手を掛け、自分からも心を込めて遥の唇を吸った。

キスを交わしながら、遥の指は佳人の頬を撫で、髪を梳《す》いて頭皮を愛撫する。

「……遥さん」

はあっ、と艶めいた息をつき、佳人は遥の頭を抱き寄せ、遥の額に自分の額をくっつけた。

「好きです。おれが焼きもちやきでも、嫌いにならないでください」

「妬くのはお互い様だ」

ばかめ、と遥は佳人の目元に親指の腹をすっと滑らせる。

睫毛がぶつかりそうなくらい間近で見る遥の黒い瞳は、照れと揶揄《やゆ》と喜色《きしょく》が混ざった複雑な色合いをしていた。

佳人の背中に右腕を回した体勢で、遥はゆっくりと上体を倒す。

コタツに脚を入れたまま、畳に仰向けに押し倒され、覆い被さってくる遥の重みを受けとめた。

遥は佳人が着ているセーターを捲り上げ、頭から脱がせると、その下のシャツにも手を掛けた。ボタンを素早く外していきながら、さらりと言う。

「橋本という女には、明日、俺から電話しよう」

「会うんですか」

「向こうが承知すればな」

「会うことになったら、おれも同席させてもらっていいですか」

「好きにしろ」

遥はぶっきらぼうに返事をする。

ボタンをすべて外してシャツを開かせ、首筋に唇を辿らせつつ、裸の胸板を手のひらで撫で回す。乾いた肌の感触を堪能《たんのう》するように、余すところなく触れられて、佳人はビクン、ビクンと身を引き攣《つ》らせ、あえかな声を上げて喘いだ。

「ん……っ、んっ……あ」

首筋をキスで埋めると、続けて鎖骨、肩、と遥は徐々に体を下にずらしていく。

腋下《えきか》で戯れるようにそよがせた指が次に狙ったのは胸の突起だった。

摘《つま》んで引っ張り、指の腹で磨り潰すようにして刺激する。

シャツの生地によっては、当たって擦れただけで硬くなってしまうほど敏感な乳首をそんなふうに弄《いじ》られると、たちまち充血して膨《ふく》らみ、突き出してくる。

「あっあ……っ、だめ、遥さん……、やめて」

「やめろって声じゃないぞ」

「ああっ！」

淫らに形を変えて色づいた肉芽を濡れた舌で擽《くすぐ》られ、佳人は乱れた声を上げて仰《の》け反った。舌先で乳暈《にゅううん》から掘り起こすように突起を嬲《なぶ》り、口に含んで歯を立てる。

「ひう……っっ！」

凝《しこ》って豆粒のようになった乳首を嚙んで引っ張られ、佳人は天井に向かって突き上げた顎を痙《け》攣《れん》させ、開いたままの唇をわななかせる。

「ああっ、あっ、あ！」

雷に撃たれたような苛烈《かれつ》な刺激が、閃光のように体の中心を駆け抜け、脳髄を痺れさせた。キスを交わしていたときから強張り始めていた陰茎がいっきに硬度を増し、ジーンズの前を押し上げる。

佳人を腹の下に敷き込んでいる遥にも当然その変化はわかったはずだ。

唾液にまみれた乳首から口を離して顔を上げ、フッと色香の漂う眼差しを眇めて、佳人の紅潮した頰を手の甲で撫でてきた。

「相変わらず、感じやすいな、おまえ」

「……言わないで、ください」

「俺の前で我慢することはない。好きなだけ乱れろ」

「いつも、そうしているでしょう」

他愛ない会話の間にも、遥の指は佳人の体のあちこちをまさぐり、まだ触れられていないほうの乳首に焦らすように息を吹きかける。

なにかされるたびに佳人は身を揺らし、上擦《うわず》った声を上げ、熱っぽく喘いだ。

「ああ、う……！」

もの欲しげに突き出た残りの乳首にも口をつけられ、ビクンッと肩を大きく揺らす。

「……っ、あぁぁ」

濡れた舌が突起に絡んでくる。

やわやわと宥《なだ》め賺《すか》すように弄《もてあそ》ばれたかと思うと、唇に挟んで容赦なく吸い上げられ、痛みと快感にあられもない声を放つ。

両の乳首を手と口で責められ、佳人は遥の逞しい体に縋って身悶《みもだ》えた。

ごわごわした布地の下で、痛いほど張り詰めた勃起が疼《うず》き、早く解放されたくて腰を揺すってねだりそうになる。

遥の前もガチガチになっていた。

佳人は遥の腰に両手を掛けて、己の股間と密着させた。

「ん……っ、ん、あっ」

布地を隔てたもどかしさに焦れつつ、猥《みだ》りがわしく腰を動かして、猛った陰茎同士を擦り合わせる。はしたない嬌声《きょうせい》が抑えきれずに口を衝いて出て、いっそう欲情を煽られた。

「あぁ……あっ、あ……っ！」

自分で淫らな振る舞いをしながら感じて喘ぐ節操のなさに、羞恥が湧いて顔まで熱くなる。

汗ばんだ首筋に再び遥の唇が落ちてきて、肌をきつく吸われる。

襟の立ったシャツを着なければ見えてしまいそうな際どい位置に、わざと痕をつけるようなキスをされ、佳人は遥の執着と愛情の強さを感じた。

「あっ、だめ……だめです」

「おまえは俺のものだ」

独占欲を剝き出しにする遥に、佳人はゾクゾクするほど昂った。

他の誰かに同じことを言われたら、反発心を覚えるに違いないが、遥にだけはむしろもっと束縛されたい、求められたいと思ってしまう。ちょっと歪んだ願望だと自分でも承知している。

首だけでなく胸板にもいくつかキスの痕をつけられ、白い肌に花弁が散ったようになる。

佳人は我慢できなくなって、遥の穿《は》いているカジュアルなウール地のパンツのウエストに手をやり、ボタンを外してファスナーを下ろした。

「遥さん」

佳人は遥の背中を左腕で抱きしめ、右手をパンツの中に忍ばせた。

引き締まった筋肉質の尻の隆起を確かめる。はじめは下着のボクサーパンツの上から撫で回していたが、そのうち中にも手を忍ばせて、滑らかな肌の感触を堪能した。

「ここで最後までするつもりか」

「先に押し倒してきたのは遥さんですよ」

「そういう雰囲気だったろう」

確かに、と佳人は遥の端整な顔を仰ぎ見てにっこり微笑む。

遥は佳人の上から身を起こすと、コタツから出て座布団の上に胡座《あぐら》を掻いて座り、素肌に直に着ていたVネックのセーターを脱いだ。

上半身は裸、下半身は先ほど佳人が乱した状態で、全裸よりさらに想像を掻き立てられて凄絶《せいぜつ》な色香を放つ。伏し目がちの仏頂面で、長い指を髪に差し入れ、無造作に掻き上げるしぐさに、佳人は体が疼いて、たまらない気分になった。

座ったまま下着ごとジーンズを下ろし、靴下も脱ぐ。そして、前をはだけたシャツ一枚という格好で、遥の傍《そば》に躙《にじ》り寄った。

「今度はおれの番です」

遥は無言で佳人を一瞥する。好きにしろ、と眼差しが答えていた。

佳人は遥の膝に手を掛けると、開いた前立ての隙間から覗く下着の中から勃起した性器を掴み出す。

窮屈《きゅうくつ》な場所から解放された陰茎は、撓《しな》りながら猛々しく屹立し、手で支えていなくても角度を保ったままだ。

佳人は上体を屈め、そそり立つ陰茎を口に含む。

エラの張った先端を、キャンディと同じ要領で舐め回し、頬を窄《すぼ》めて吸引する。

遥の手が佳人の後頭部に伸びてきて、あやすように髪を梳かれた。

まだ遥は息一つ乱していないが、感じていることは、佳人の舌の上でビクビクと脈打つ陰茎の活きのよさから想像がつく。

ジュプッと淫猥《いんわい》な水音をさせ、佳人は陰茎の中ほどまで口に入れて、頬の粘膜で締めつけた。吸引し、舌を閃《ひらめ》かせて舐め回し、感じやすい括《くび》れや先端の隘路《あいろ》を舌先で擽る。

「ふ……」

遥の口から嚙み殺し損ねたようなあえかな声が洩れる。

気持ちがよさそうで、佳人は自分が感じるとき以上の歓喜を覚えた。

根元に左手を添え、長くて太い竿を深々と迎え入れる。先端が喉の奥を突き、えずきそうになるが、遥をもっと悦《よろこ》ばせたい一心で、そこまでしてしまう。

口いっぱいに銜《くわ》え込んだ陰茎をしゃぶりながら、顔を上下に動かして薄皮を扱《しご》く。

「……っ、ふ……っ」

次第に遥の息遣いが荒くなってきて、ときおり切羽《せっぱ》詰まった声を出す。

口の中に先端から溢《あふ》れてきた先走りの苦みが広がり、陰茎がのたうつ。

なんとか耐えようと下腹に力を入れる動きが見て取れ、内股の筋肉が引き攣るのが膝に置いた手に伝わってきた。

「くそっ」

遥は喘ぎながら舌打ちすると、佳人の額に被さる髪を梳き上げ汗ばんだ生え際を指で愛撫しながら耳元に囁きかけてくる。

「もういい。おまえの中に挿《い》れさせろ」

声を聞いただけで体の芯が疼き、後孔が猥りがわしく収縮する。

佳人は遥の張り詰めた陰茎から口を離すと、胡座を掻いた脚の間に膝立ちになって、体を接近させた。

「そのまま俺に摑まっていろ」

はい、と頷いて遥の首に両腕を回す。

双丘を開かれ、間にある窄まりを唾で濡らした指でまさぐられる。

「ああぁっ、んっ！」

欲情してひくついていた襞《ひだ》は、撫でられただけで柔軟に緩み、ツプと差し入れられた遥の指を嬉々《きき》として取り込む。

付け根まで穿った指を狭い筒の中でグリッと回され、内壁を押し広げて慣らされる。

動かされるたびに佳人は感じてしまってビクビクと腰や太股を打ち震わせ、艶めいた声を上げて喘いだ。

遥は佳人の後孔を二本に増やした指で蹂躙《じゅうりん》し、受け入れの準備を調えながら、左手では自らの陰茎をゆっくりと擦り、先走りのぬめりを先端に塗り広げていた。

「もういいか」

ズルッと濡れそぼった指が抜かれる。

佳人は期待に喉を鳴らして唾を飲んだ。

体勢を変え、遥は自分が座っていた座布団の上に佳人を仰向けに寝かせ、両脚を抱え上げてのし掛かってきた。

膝が胸につくほど深く体を二つ折りにさせられる。

露になった秘部に再度唾を擦りつけて濡らし、硬く膨らんだ先端を押しつけられた。

「遥さん」

行為に及んでいるときの遥は、痺れるほど色っぽい。

ずぷっ、と襞を割って熱い塊が押し入ってくる。

「アアアッ！」

奥を埋め尽くしながら進んでくる肉茎の猛々しさに、佳人はあられもない嬌声を放ち、遥の裸の背中に爪を立てた。

ズズズ、と内壁を荒々しく擦られ、顎を撥ね上げて悶絶《もんぜつ》する。

遥にがっちりと押さえ込まれて、長大な陰茎で奥までみっしりと貫かれ、佳人は息を乱して喘いだ。頑健な腰を打ちつけ、緩急をつけた巧みな抽挿《ちゅうそう》をする遥に揺さぶられ、ひっきりなしに艶めいた声を出す。

明々《あかあか》とした茶の間の、コタツのすぐ横で、半裸の状態で悦楽を貪り合う。

羞恥や苦しさを凌駕《りょうが》する快感が幾度となく繰り返し佳人を襲い、惑乱させた。

高波に攫《さら》われ、宙に投げ出されては落下する感覚をさんざん味わわされ、本能的な恐怖と、どうにかなってしまいそうな法悦《ほうえつ》にまみれさせられ、悲鳴が出る。

眩暈《めまい》を起こして気が遠のきかけては、新たな刺激に引き戻される。

「もう、だめ、達《い》きそう……っ、あああ！」

一人で立て続けに二度ほど射精なしのオーガズムを極めても、遥は「もう少し付き合え」と疲れも見せずに抜き差しし続ける。

後ろだけでも達するように仕込まれた体は、際限なく佳人を高みに押し上げては突き落とす。

遥は、突いては引きずり出す動きを止めずに佳人を苛《さいな》みつつ、顔中にキスの雨を降らせる。

「ああっ、いやだ、またイクっ……！」

激しい恍惚《こうこつ》に、佳人は全身を突っ張らせて数秒意識を飛ばした。

後孔を攻めていた律動が止まり、最奥《さいおう》で遥が弾けさせるのがわかる。

喘ぐ唇を貪るように吸われ、夢中で応えた。

舌を搦《から》め捕《と》られて唾液を啜られる。

「遥さん」

もっと、と佳人からも遥の口腔《こうこう》を舌でまさぐり、舌を絡めて強く吸う。

唇が痺れるくらい濃厚だったキスが、昂揚《こうよう》が静まるにつれて徐々に濡れた粘膜を触れ合わせるだけの穏やかなキスへと落ち着いていく。

名残惜しく唇を離してからも、抱き合った体は離し難かった。

全身汗ばみ、ぐしゃぐしゃになったシャツが肌に貼りついている。不快だったので、佳人は脱ぎ捨てて全裸になった。

遥も腰からずり落ちかけていたウールのパンツを脱ぎ、ボクサーパンツ一枚になった。どちらも、他人には見せられない、見せたくない姿だ。

畳に寝そべったまま腕や脚を絡ませては、上になり下になりして汗ばんだ体を重ねた。

熱が引いてしまうのがもったいなくて、何度も互いの唇を啄み、萎《な》えた性器を触り合う。

「このままだと風邪をひく」

遥に言われて佳人も頷いた。

「早く桜が咲いて暖かくなるといいですね」

乱れた髪を手櫛で直しながら言うと、目を細めてじっと佳人を見つめていた遥は、一拍遅れて

「……ああ」と返事をする。

何を考えていたのか聞きたかったが、どうせまたぶっきらぼうに「べつに」としか答えてくれなそうだったので、ほのかに赤らんだ頬を見られただけで満足することにした。

4

「すみません、娘が茂樹さんの子供だというのは、嘘です」

美樹は一転して認め、テーブルに額を擦りつけるほど深く頭を下げた。

土曜日の午後、佳人は遥と共に、美樹の自宅近くの喫茶店で、美樹と会っていた。

マンションや企業ビルが立ち並ぶ一方通行の道沿いで営業している小さな喫茶店で、他に客は常連らしき初老の女性が一人いるだけだ。その女性客も、眼鏡をかけて読書に没頭しており、マスター共々こちらを気にする様子はない。

遥が美樹に電話をかけたのは今朝だ。

美樹はある程度こうなることを予測し、覚悟していたようだ。豪田から、佳人が訪ねてきたと、やはり聞いたらしい。一度会って話がしたいと遥が言うと、午後からならと返事があったそうだ。どうせ会わなければいけないのなら早いほうがいい、全部話してすっきりしたいと思ったのだろう。場所はどこでもいいとのことだったので、美樹の自宅の傍まで行くことになった。近くに雰囲気のよさそうな喫茶店があるのは、以前アパートを訪ねたときに見かけて知っていたので、そこでどうかと佳人が提案した。

今日も美樹はブラウスにスカートという地味な服装をしていたが、化粧は念入りに施していた。最初佳人は、昔好きだった男の兄と初めて顔を合わせるので、少しでも綺麗に装いたかったのかと思った。しかし、よく見ると、左目の下に青痣がうっすら残っていることに気がついた。それを隠そうとして厚塗りになったようだ。

美樹は遥と向き合って緊張していた。嘘をついた後ろめたさもさることながら、茂樹とは種類の違う美貌と、男盛りの匂い立つような色香に気圧《けお》されているのが、傍目にも察せられた。

美樹と電話で遣《や》り取りをした遥によると、美樹は終始『はい』『はい』とおとなしく返事をするばかりで、争う気は見せなかったそうだが、万一反駁《はんばく》されたときのことを考えて、探偵事務所が作成した調査報告書を念のために持参していた。

しかし、美樹は遥と佳人の向かいに座るなり、こちらが何も言わないうちから謝罪したのだ。

「どういうことだったのか説明してもらえますか」

なぜこんな詐欺まがいのことをしようとしたのか、遥は美樹の口から直接聞きたがった。

美樹も、一切合切《いっさいがっさい》隠さず話さなければいけないと思っているらしく、ときどき言いにくそうにしながらも、しっかりとした口調で話しだす。

「実は、私、豪田という男と縁が切れなくて……。事の発端《ほったん》は先月半ば、彼に、一月以内に百万円用意しないとヤクザに捕まって制裁を受ける、と泣きつかれたことでした。彼、闇金から借金していて、その取り立てが相当ひどくて家にも帰れなくなったと。それで私、必死に考えて、もうこれしかないと思ったんです。犯罪だという認識は正直そのときはあまりなくて、ただ、危ない橋を渡るんだ、とだけ感じてました。自分でも、あのときなぜそんな思考回路に陥ったのか、わかりません」

遥は無表情で聞いている。

ときどき先を促すように首を動かす以外は、相槌も打たない。

佳人は遥についてきただけという立場だったので、今日は話を振られない限り口を挟むまいと心していた。美樹もそれは承知しているようで、話す相手は常に遥で、佳人にはめったに視線もくれない。バツの悪さもあるだろうが、元々佳人は美樹にとって予想外に出てきた無関係な人間で、遥と話せるようになれば用はないのだ。

「茂樹君のお兄さん……いえ、黒澤さんが成功されていることは以前から知っていました。何年か前に雑誌に写真付きでインタビュー記事が載っているのを見て、びっくりしたことがあったんです。お目にかかったことはありませんでしたが、やっぱりどことなく茂樹君と似ていらっしゃるし、年齢も合っていたから、きっとそうだと思いました。百万円をすぐに都合してくれそうな知り合いはほかにいなくて……。黒澤さんなら、茂樹君の名前を出せばなんとかなるんじゃないかと思いました。……本当に、どうかしていました」

美樹は俯き、顔を晒すのも恥ずかしそうに手で覆う。

「高二の夏に海水浴についていったとき、襲われて、妊娠したのは本当です。でも、相手は豪田でした。豪田は前から私の体に興味があって、チャンスを狙っていたんだと言いました。久保さんには、三人に襲われたと嘘を言いましたけど、実際は、花火の途中で豪田に皆と離れた岩陰に連れ込まれて乱暴されたんです。三人だったことにしたのは、その後、茂樹君が起こした事件が頭にあったからでした。私にも同じようにしたことにすれば、真実っぽく聞こえるんじゃないかと考えたんです。でも、久保さんに話している最中に、それだと娘の父親が茂樹君だと断定できなくなることに気がついて、慌てて、他の二人は押さえつけていただけで……と言ったんです。ちょっと不自然かなとは思ったんですが、仕方なく」

概《おおむ》ね佳人が推察していたとおりだったが、本人の口から直接聞くことができて、細部がはっきりとした。

「豪田は、ろくでなしです」

それは美樹もわかっているのだ。ならばなぜ縁を切らないのか。佳人は納得がいかずにぐっと眉根を寄せた。

「まともに働こうとしない上、博打《ばくち》で借金ばかりしていて、怒るとすぐに手が出る。言っても聞かないどころか、腹を立てて殴ってくるので怖いんです。もちろん十四、五年の間ずっと一緒にいたわけじゃありません。妊娠したのがわかって高校をやめたときには、二度と会わないですむと思ったくらいです。娘のことも産むか堕ろすか悩みました。久保さんには茂樹の子だから産んだんだと言いましたけど、本当は好きでもない男に孕《はら》まされた子ですから。でも、子供に罪はないし、当時両親や姉たちともものすごく関係が悪かったので、反対された反動から意地を張った、ということもありました」

美樹はときどき唇を噛みながら、俯きがちで話す。胸の痞えを全部出し切りたいのかもしれないと佳人には感じられた。遥は相変わらず無言だが、美樹の話を一語一句漏らさず聞いていることは、表情でわかる。

「幸い、祖父母が当時まだ健在で、私のことを可愛がってくれていましたから、娘の面倒もよく見てくれて助かりました。娘には豪田が父親だということは教えていません。まさか、五年も六年も音信不通だった豪田が、ある日突然祖父母の家にいた私を捜し当てて訪ねてくるとは思いもしませんでしたし」

そのときのことを思い出したのか、美樹は苦渋に満ちた表情をする。

「金の無心でした。娘に、自分が父親だとバラされたくなかったら十万貸せと言うんです。なんて男だと怒りが湧きましたが、十万で片がつくなら払ったほうがいいと思って……どうせ返ってきはしないだろうとわかっていたんですが、貸しました。それが間違いの元でした」

以来、豪田は金に困ると訪ねてくるようになったらしい。

そうこうするうちに美樹は豪田を放っておけないと感じ始めたと言う。

嫌気が差すならわかるが、この男には自分がいないとだめだ、放っておいたらろくでもないことになりそうだから見捨てられない、などという心境になるのは、佳人には理解できない。

「たぶん、豪田のような男は、どういう女に取り入ったり縋ったりすればいいのか、嗅《か》ぎ分けるんでしょうね。私、今まで一度もてたことないんですよ。茂樹君のことは本当に好きだったけど、全然相手にされなかったし。それでも諦めきれなくて、しつこく追いかけ回していたんですから、さぞかし滑稽《こっけい》だったと思います」

美樹は自嘲気味に言い、ようやく顔を上げて遥を見た。

「豪田は茂樹君に振り向いてもらえない私をしょっちゅうからかっていました。代わりに俺でどうだ、と付き纏《まと》ってきて。全然本気じゃないことは軽薄な態度や物言いから明らかで、私は相手にしなかったんです。それで豪田もムキになってしまって、あんなことをしたんだと思います」

さらには、味を占めて茂樹を焚きつけ、敦子を襲った。最低の男だ。考えただけで胸糞が悪くなる。

「私もさすがに目が醒めました」

美樹はようやく少しだけ笑った。

笑うと頬の青痣が目立つ。おおかた、金の工面《くめん》が思うようにいかないことに腹を立てた豪田に殴られたのだろう。許せなかった。

「このまま豪田といたら、遅かれ早かれ私は犯罪者の仲間入りをしてしまう。その前に、豪田とは金輪際《こんりんざい》かかわらないようにします。一ヶ月の返済猶予期間が切れた途端、豪田はローン会社の怖い取り立て人に連れていかれるかもしれないですけど、自業自得です」

豪田とは今度こそスッパリ縁を切る、と美樹は決意しているようだ。

「介護が必要な祖父は、四月から両親が施設に入所させるそうなので、娘が世話をしに行く必要もなくなります。この機に、東京を離れようと思います。あと十日ほどすれば学校も春休みになりますし」

具体的にどこに移るつもりかは聞かなかったが、知人の紹介で今より条件のいい職場に採用してもらえそうなので仕事の心配はないらしい。娘の同意も得ているそうだ。

「娘は豪田を嫌っていましたから、別れると言うと一も二もなく喜んでいました。今後も、娘には豪田が父親だということは話さないつもりです」

そのほうがいいかもしれないと佳人も胸の内で賛同する。

美樹としては、これでもう言うべきことはすべて話し終えたようだ。

三人が座ったテーブルに、しばらく沈黙が下りる。

佳人は、この場は遥に任せようと思っていたが、遥があまりにも喋らないので、やはり自分が何か言ったほうがいいのかと迷いだした。

「あの……」

佳人の言葉に被せて、遥もようやく口を開く。

「何か俺にできることや、してほしいことがあれば、聞いておきますが」

美樹は驚いたような顔をして遥を凝視する。

この期《ご》に及んで、遥からそんな言葉が出るとは思ってもみなかったようだ。

佳人はむしろ遥らしいと感じ、微笑ましかった。

「いえ、大丈夫です。お気持ちだけありがたくいただきます」

美樹は少し間を置いて、丁重に答えた。きちんと考えた末の結論なのが、真摯な顔つきから見て取れる。

「茂樹の件では直接の関係はなかったようだが、いろいろと事情を聞いたことも、なにかの縁だろう。今後困ったことが起きたら、今の言葉を思い出して連絡してきてもらってかまいません。俺が忘れていたとしても、こいつが覚えていると思うので」

こいつ、と遥は佳人を顎で指して言う。

「はい。おれはたぶん忘れません」

佳人はにっこり微笑んで請け合った。

遥に我が物顔に扱われる面映ゆさと嬉しさに、自然と笑みが零れる。

「ありがとうございます」

美樹はあらためて礼を言い、遥と佳人を交互にまじまじと見る。

「……もしかして、お二人は……。あの、同居されてるって、ひょっとして……？」

どう聞けば失礼にならないのかと迷いでもしているかのように遠慮がちに聞いてくる。

佳人もどう返事をすればいいか躊躇い、遥を横目でチラッと窺った。

遥は常と変わらぬ表情をしたまま、特に返事をする気はなさそうだ。遥の反応は予想の範疇《はんちゅう》ではあった。

佳人は美樹と視線を合わせ、愛想よく微笑んでみせた。

あ、やっぱり、と言いたげに美樹が目を見開く。

「すみません、私、気づかなくて」

なぜか美樹は佳人に頭を下げて謝ってきた。

「久保さんのこと、ずっと無関係な他人だと思っていたので、どうして元秘書が家族の問題にしゃしゃり出てくるんだろうと、不快に感じていたんです。嘘がばれそうで怯えていたから、よけい神経を尖らせていたせいもあるんですが」

美樹は申し訳なさそうな顔つきで言う。

「でも、ご家族だったんですね」

家族——佳人は再び遥の顔をそっと窺った。

凛《りん》とした横顔を佳人に見せつつ、遥は美樹に向けてはっきりと頷く。

佳人の胸に熱いものが込み上げてきた。

自分たちはお互いを家族だと思っているし、ときには口に出して言うこともあるかもしれないが、他人からこうも自然に家族という言葉が出てくるとは思いがけなさすぎた。

嬉しかった。

遥の揺るぎなさ、潔《いさぎよ》さに鼻の奥がツンとしてくるほど、嬉しかった。

「今日はお時間を割《さ》いていただきありがとうございました」

「こちらこそ、過《あやま》ちを許してくださって本当に感謝しています」

喫茶店を出たところで挨拶《あいさつ》を交わし、美樹と別れた。

「これでこの件は一段落したと考えていいようだな」

「はい。そう思います」

まだ佳人は、茂樹の本当の人となりを探るヒントになりそうな発言のすべてを遥に話せていない。それらはまたこれから追々話すつもりだ。

今はもう一つ、どうしてもしなくてはいけないことがあった。

「実は、今日中にもう一ヶ所行きたい場所があるんです。一人で行きたいので、ここで別れていいですか」

「……ああ」

遥は一瞬躊躇ったが、それを押しのけるようにして頷いた。

「俺は先に家に帰る。牡蠣のチャウダーと炊き込みごはんを作ればいいんだろう、今夜は」

「はい。今だいたい三時ですから……五時までには帰れると思います」

遥はもう一度、今度は黙って頷く。

具体的な時間を聞いて安心したようだ。

その場で遥と別れ、駅に向かって歩いていくすっとした後ろ姿を見送りながら、佳人はスマートフォンで電話をかけた。

かけた先は六本木《ろっぽんぎ》にある東雲会《しののめかい》本部事務所——東原辰雄が通常いるはずの場所だった。

*

見上げたビルは三十階建ての超高層マンションで、規模の大きさはもちろんのこと、デザイン性の高さ、機能性に加え、品格すら感じさせる威風堂々《いふうどうどう》とした佇まいで、佳人を圧倒した。

東原は今ここにいると聞き、やって来た。

東雲会本部事務所で佳人の電話を受けたのは、若頭の芝垣《しばがき》という男だった。

礼儀正しく、腰の低い人物で、最初から最後まで穏やかな声音と丁重な態度を崩さず、そこはかとない大物感を漂わせていた。ヤクザにはいろいろなタイプがいるが、芝垣はやはり東原に近く、雰囲気に似通ったところがある。むろん、東日本最大の組織である川口組《かわぐちぐみ》の次期組長と言われている東原は別格だが、早晩《そうばん》東雲会を継ぐであろう芝垣も、力より知で稼ぐ経済ヤクザのようだった。

佳人が名乗ると、芝垣は心得た様子で、東原は今日はここには来ない、明日までオフの予定だと丁寧に教えてくれた。佳人が突然事務所に電話してきたことを意外に思ったはずだが、そうした感情の揺れはいっさい気づかせず、終始淡々としていた。

東原の個人的な携帯電話の番号は、ずいぶん以前に本人から聞いていた。最初からそこにかけてもよかったのだが、わざわざ一度事務所を通したのは、これが佳人個人の私的な用件ではないことを、明確にしておきたかったからだ。佳人の頭にあったのは、これ以上貴史にいらぬ誤解をさせたくないという気持ちだった。佳人はヤクザではないし、今はヤクザとかかわりがあるわけでもないので、東原と連絡を取るのはいずれにしても個人的な用事以外あり得ないのだが、佳人の中でのケジメの問題だった。

芝垣にもなんとなくそのへんの入り組んだ事情が察せられたようだ。東原と佳人の付き合いの深さからして、東原が佳人に直接連絡する手段を知らせていないはずはないのに、わざわざ事務所を通すのにはなんらかの訳がありそうだと察してくれたのだろう。少し待ってもらえたら今から自分が東原に電話して、伺《うかが》いを立てますが、と詳しいことは聞かずに言ってくれた。芝垣の手を煩わせるのは申し訳なかったが、佳人は「お願いします」と返事をした。

六本木のマンションにいるので用があるなら来い、と東原は言っているとのことだった。

場所を聞いて着いた先がこのマンションだ。

広々としたエントランスを通ってエレベータホールに辿り着くまで、二度インターホンを鳴らして東原にセキュリティを解除してもらわなければならなかった。

一軒家にしか住んだことのない佳人はマンションのシステムに不慣れで戸惑った。一時身を寄せていた貴史が住んでいるマンションは、ここまで厳重ではない。ホテルのロビーかと言うようなエントランスフロアに、フロントスタッフまで常駐していることに驚き、腰が引けた。

東原の部屋は最上階ではなく、その一つ下だった。

高速エレベータで上がっていくと、その階には東原の部屋と別の誰かの部屋の二戸しかなく、中に入る前から並外れた広さが想像できた。もう一戸もひょっとすると東原のほうで押さえている物件かもしれない。

「よう。珍客もいいところだな、佳人」

玄関を開けて佳人を出迎えてくれた東原は、イタリアンカラーのシャツにスラックスという、比較的ラフな姿をしていた。ペールグレーとチャコールグレーの組み合わせがシックで、私生活でもいちいち隙がない。

出されたスリッパに足を入れ、大理石張りの廊下を進む。個人宅というより、高級レストランに来たような間取りと、内装資材の豪華さだった。さりげなく置かれた家具や彫刻、絵画など、すべてに圧倒される。

通されたのは、座り心地のよさそうなソファと安楽椅子が部屋のあちらこちらに据えられた応接間のような部屋だった。中央に存在感のあるソファセットがかなりのスペースを占めて置かれ、壁際や窓辺に一人掛け用の椅子が何脚も配されている。いずれも本革張りのアンティークなデザインの椅子で、柄や形は一つ一つ違うのに、部屋全体として見ると統一感があるという、計算し尽くされた高度なコーディネイトがされていた。

一方の壁には書棚や飾り棚が並んでおり、姿見のような大きな鏡も塡め込まれていた。

「何か飲むか」

「いえ、結構です。すぐに失礼しますから」

東原は肩を竦《すく》め、「まぁ、座れ」とソファを勧めてくれた。

対面に座ると話がしづらいのではないかと思うほど距離があったので、佳人がソファセットの椅子の一つに腰を下ろすと、東原が隣に座ってくれてホッとした。

「で？　おまえさんがそういう堅苦しい顔つきで俺のところに来たってことは、おおかた先日遥がここに泊まった件で用があってのことだろう。文句でも言いたいのか」

東原は、不敵な顔つきに、佳人を揶揄するような笑みを浮かべ、少しも悪びれることなく余裕綽々《しゃくしゃく》としていた。どこから悔しがればいいのかわからないほど堂々としていて、佳人は自然と体を力ませ、歯を嚙みしめていた。

「遥さんが東原さんのところに泊まったこと自体は、おれはべつに気にしていません」

負けるものかと意地を張り、精一杯平静を装って、東原とできるだけ対等に渡り合おうと努力する。少しでも気を抜くとたちまち圧倒され、全身が覚束なく震えだしそうだった。ある程度は東原に慣れているはずの佳人ですらこうなのだから、雲の上の存在を噂にしか聞いたことのない下っ端組員などは、緊張しすぎて声すら出なくなるに違いない。

「ほう」

佳人が突っ張れば突っ張るほど東原は面白そうな目をする。

長い脚を悠然と組み、肘掛けに頬杖を突いた格好がふてぶてしいのに優雅で、虎か豹《ひょう》を横にしているようだった。

「俺が遥を抱いたとしても、それだけ冷静でいられるか、佳人？」

「いられませんよ、それは」

佳人は顔を顰めつつも、落ち着きを失わずに受け答える。

「東原さんだって、おれがもし貴史さんを抱いたとしたら、そんな泰然と構えてはいられないでしょう？　へたしたら殺されてますよね、おれ？」

「どうだろうな」

東原は肝心なときにははぐらかす。

狡《ずる》いと思って佳人は苛立った。

「おれが今日話しに来たのは、東原さんのそういう態度についてです」

「ああ？　なんだって？」

佳人の発言が東原の地雷を踏んだのか、急に凄みを帯びた声を出され、佳人はひっと息を止めて身を竦めかけた。

すぐに気を取り直したが、指の震えだけは止められず、拳《こぶし》を握って隠す。

「偉そうなことを言うようになったな、佳人?」

「気に障《さわ》ったなら謝ります」

佳人は決して東原と喧嘩《けんか》をしに来たわけではなかった。

すっと一度深呼吸をして、気持ちを調える。それから再び話を続けた。

「おれは遥さんから、あの晩東原さんと何もなかったときっぱり言ってもらったので、それを信じます。そもそもの原因は、おれが遥さんを不安にさせてしまったことだから、おれが悪いんです。東原さんも遥さんから聞いているんですよね?」

「遥が珍しく弱っていたから、どうせまたおまえのことだろうとは思ったが、案の定だった」

東原はもう剣呑《けんのん》な空気は出していなかった。

いつも四人でいるときの、佳人にはちょっと遠い存在の男になっている。

四人の中で東原との付き合いが最も希薄なのは佳人だ。だから、佳人には貴史や遥と同じように東原と付き合うことはできないし、理解もできていない。今も、匙《さじ》加減もわからず手探り状態で対している。

「おまえはなまじっか攻める気質を持っているから厄介だ。張り合いがあって最高に面白くて興味深いが、恋人にすると、いつ自分の手の中から出ていって違う形の恋愛を選びけしないかと不安で気が休まらない。遥のやつはそう言っていたぞ」

「はい。聞きました」

「実際どうなんだ」

　突っ込んで聞かれ、佳人は迷わず返事をする。

「おれも遥さんに対して同じように心配している、不安で、焼きもちばかりやいていると、遥さんにも答えました。今後もこういう悩みが全部なくなることはないと思いますが、おれは遥さんを信じているし、遥さんもおれを信じると言ってくれたので、乗り越えられると思います」

「そうか。なら俺がこれ以上四《し》の五《ご》の言う必要はねぇな」

「東原さんは、おれと遥さんのことを心配するより、貴史さんにもっと気を遣ってあげてください。本当に、お願いします」

　佳人は真剣な顔つきで東原を見つめた。このまま床に正座してもかまわないと本気で思うほど切迫した心地だった。

　東原にも佳人の気持ちが感じ取れたのか、太い眉をつっと寄せる。

「おれは東原さんと遥さんみたいな関係も理解できますし、これからも認めるつもりでいますけど、常識人で奥手の貴史さんには、とても難しいし、悩ましいのではないかと思います」

　佳人は真摯に訴えた。

「遥さんと東原さんの関係は濃すぎるというか、怪しすぎるんです。おれだってときどき苛々するくらいですから、貴史さんが平気なわけがない。無理して平気な振りをしているだけです。今度の件で、とても傷ついています」

東原は唇を一文字に引き結んだまま何も答えない。

「遥さんに黙って陰で女性に会っているところを社員に見られて、誤解させたのは、おれが考えなしだったからで、反省しています。貴史さんにも全部話して、必要なら土下座でもなんでもする覚悟ですけど、今おれ避けられていて。会ってもらえないんです」

「貴史はちょっと感情的になっていただけだ。おまえのことをそんなに簡単に嫌いになるはずがあるか」

ようやく東原が重い口を開いた。

「俺が悪かったよ、佳人」

ぶっきらぼうな口調の中に誠意が含まれているのを感じて、佳人は安堵した。

「確かに俺はちょっと配慮が足らなかった。遥に対する気持ちと貴史に対する気持ちは俺の中ではまったく別物なんだが、それをわかれと言うのは無理な相談だったようだ。あいつの賢さと我慢強さに甘えて、傷つけていることに気づけなかった。おまえも傷ついているなら、謝る」

東原の口からここまで殊勝な言葉が聞けるとは正直思っていなかった。

「おれは大丈夫です。だけど、今の東原さんの言葉、貴史さんにもぜひ聞かせてあげたかったです。もう一度貴史さんの前で言ってもらえないですか」

「それは断る」

間髪容《かんはつい》れずに突っぱねられて、佳人は鼻白んでしまったものの、東原がそこまで譲歩すると東原らしくないとも思うので、食い下がりはしなかった。

東原は東原なりの考えでこのことを貴史に伝えるだろう。それはもう二人の問題で、佳人が口出しする域ではないと弁えた。

「東原さんは、貴史さんのことをどのくらい好きなんですか。一度お聞きしたかったんですが」

代わりに佳人はまたもや大胆な質問をぶつけてみた。

「どのくらい？　それは言葉で表せるものなのか、佳人？」

「そういうものではないと、おれも本来思っています。でも、無理にでも聞きたい気持ちなんです、今は」

「くだらん」

東原は冷ややかに一蹴してから、おもむろに続ける。

「おまえにわかる言い方をするなら、俺の答えはこれしかない。佳人、おまえが遥を好きな気持ちと同じだ。おまえは遥をどのくらい愛している？　自分の胸に聞いてみろ」

「……はい。わかりました」

佳人は東原の返事に心を摑まれ、深いと思いつつ、胸に理解がストンと落ちる感覚を味わった。

「わかったなら、もう帰れ」

東原はサッと立ち上がって、佳人をジロリと鋭い目つきで睥睨《へいげい》する。

「こんなところでグズグズしてないで、たまの休みくらい遥の傍にいてやれ。いいか、今後二度

と遥を悩ませるな。あいつは感情をあまり表に出さないが、だからといって何も感じていないわけじゃない。そんな当たり前のこと、いちいち俺ごときに言われなくてもわかるはずだぞ」

「はい。ありがとうございました」

佳人は弾かれたように椅子を立ち、腰を深々と折って東原に礼を述べた。

「手土産の一つもなしにいきなり押しかけてすみませんでした」

「ああ。おまえらしくなかったな。もっとも、手土産なんか今後も必要ないが」

東原は佳人を玄関まで送ってくれて、最後にきっぱりと言い切った。

「貴史のことは心配するな」

東原に任せておけば大丈夫だと、理屈ではなく思わせられる力強さだった。

「今はむしろ、おまえのことで落ち込んでいるんじゃねぇか。めったに怒らない男だが、頭に血を上らせて、普段なら絶対に言わないことを言ったんだろう。自己嫌悪に陥っておまえに連絡できずにいるだけだと思うが」

「明日にでもおれのほうから貴史さんに電話してみます」

「そうしてやれ」

佳人はもう一度東原に頭を下げてから帰路に就いた。

話したいことはすべて話した上で、東原にさっさと帰れと促され、予想外に早く用事がすんだ。

四時半には遥の許に戻れるだろう。

今の段階でできることはすべてした。

今夜は心おきなく遥と二人で春の宵《よい》を愉《たの》しめそうだった。

*

帰宅すると、遥はエプロンを着けて台所に立ち、料理をしていた。

牡蠣の炊き込みごはんは、下準備がすべてできており、あとは炊くだけにしてある。

遥は二品目のチャウダーに取りかかっていて、フライパンでスープを作っている最中だった。

牡蠣はすでに、軽く蒸し焼きにして別皿に取り出されている。遥はその際に出た煮汁を使い、タマネギを焦がさないように炒めていた。

「じゃあ、おれはごはんを仕上げますね」

チャウダーは遥に任せ、佳人は材料を合わせてごはんを炊く作業を引き受けた。

炊飯器で炊いてもいいのだが、それではつまらないので、土鍋を用意する。

研いでザルに上げてあった米と食べやすく切った野菜、出汁《だし》と水を合わせて分量どおりにしたものを鍋に入れ、火にかける。

コンロは四口のものとは別に、火力の強い大きめのものが一口あり、男二人並んで立ってもぶつからずにすむ。

「今夜も晩酌《ばんしゃく》しますか」

「熱燗がいい。まだ外は寒いと思うが、月見台で一献《いっこん》どうだ」

「いいですね。綿入れ半纏《はんてん》を着れば平気だと思いますよ。出しておきますね」

「ああ。頼む」

晩酌をするなら、ごはんの前に軽く摘めるものをと、辛子明太子や笹かまぼこ、菜の花のわさび和《あ》えなどを大皿に盛りつけた。いずれも、ただ切って並べるか、一手間加えただけで、料理と言うのも憚《はばか》られるシロモノだ。

納戸《なんど》の衣装ケースに仕舞ってある綿入れ半纏を取ってきて、普段着の上に羽織る。

冬場は床暖房かコタツかエアコンか、どの部屋にもどれか設置されているので、綿入れ半纏を着る機会はめったにない。何年か前の正月に一度着て以来のような気がする。

ごはんが炊きあがる頃、遥が作っていたチャウダーもできた。

まだ三月上旬で、日が沈むと気温は急速に下がる。外で長居をするわけにはいかないため、熱燗一本分を二人で空けたら茶の間に戻って食事をすると決めて月見台に出た。

外はまさに今暮れようとしているところだった。

濃い藍色から紫、赤、オレンジと、空が幾層ものグラデーションに染まっている。

もうまもなくすると残照も消え、夜の帳《とばり》が下りるだろう。

「綺麗ですね」

厚手の座布団を抱えて月見台に出るなり、佳人は感嘆して言った。

ああ、と酒とつまみを載せた盆を手にした遥が頷く。

綿入れ半纏を着ていても寒さが骨身にシンシンと沁みたが、ふっくらした座布団に座って肩を寄せ合い、熱燗を注ぎ合うのは悪くなかった。

庭の木も少しは花をつけているのだが、闇が辺りを包むと見えなくなった。

毎年二人で眺めるのを楽しみにしている桜はまだまだ先だ。早くても三月の終わり頃咲き始めるくらいだろう。

「あれから、どこへ行っていた。仕事じゃなかったんだろう」

遥がしっとりとした声音で聞いてくる。

「東原さんのところです」

佳人は隠さず答え、杯に口をつけた。

クッと呷《あお》ると、熱めにつけた酒が喉を通って胃に落ちていくのが感じられた。

「貴史さんをもっともっと大事にしてあげてください、とよけいな世話を焼きに行きました。おれと違って貴史さんは擦れていないから、やっぱり遥さんと仲良くしすぎるのは精神的な打撃が強いんじゃないですか、と言いに」

「今後は俺も辰雄さんと二人になるのは控えよう」

「……無理はしなくていいんですよ？　一度納得すれば、貴史さんも次からは今回みたいには気に病まなくなると思いますし」

「俺は、執行だけを心配して言っているわけじゃない」

遥は無愛想な顔つきで佳人を一瞥する。

「おまえのことを擦れていると思ったことは一度もない」

不器用な遥らしい、さりげなさの中に深い愛情が籠もっているのを感じさせる言葉だった。

「遥さん」

佳人は遥の二の腕に手をかけると、首を伸ばして遥の口に自らの口を押しつけた。

柔らかな唇に触れた途端、ジンと痺れるような感覚が体の芯を疼かせ、あえかな声が出る。

チュクッと粘膜を接合させる湿った音をさせ、唇をくっつけては離し、またくっつける行為を重ねた。

キスは次第に濃密になっていき、気がつくと、互いの口腔に舌を差し入れ、絡めたりまさぐったりしていた。口の中に溜まった唾液は舌で掬って舐め啜り、上がった息まで交わらせる。

濡れそぼった唇を離すと、透明な糸がしばらく互いの口を繋いでいて、月見台を照らす軒下の行灯《あんどん》型ランプの明かりを受けてチラと一瞬光った。

「……半纏、邪魔ですね」

「色気はないな」

遥の返事の仕方に、佳人はクスッと笑った。

「何がおかしい」

「あ、いえ。出会った頃と比べたら、遥さんもいろいろ喋ってくれるようになったなぁ、と思って嬉しくなったんです」

「俺はそんなにいつもぶすっとしていたか」

不本意そうに眉根を寄せて遥は言う。

「遥さんは自分も喋らないけれど、相手が話しかけるのも拒絶している感じがあって、ああ、これがいわゆる、とりつく島がない、ってことなんだなと、ひしひし思っていましたよ」

「今はおまえ、言いたい放題しているじゃないか」

「まぁ、さすがに丸三年一緒にいれば」

佳人ははにかみながら答え、腕を伸ばして朱塗りの盆の上から徳利《とっくり》を取り、遥の杯に最後の酒を注ぎ足した。

「遥さんがそれを飲んだら、月見台での酒盛りは切り上げです」

「わかっている」

遥は一口で杯を干すと、しばらく手の中で空の杯を弄りながら夜空を見上げ、月のないのを残念がるような顔をした。

「食事の用意、しておきますね」

「ああ」

遥は生返事に近い気のなさで相槌を打つ。

佳人は月見台に運んだ皿や箸《はし》などを盆に載せて片づけると、先に屋内に戻るべく立ち上がった。

「一晩中抱かれる覚悟もしておけ」

風が遥の低めた声を佳人の耳元までふわりと運ぶ。

えっ、と赤くなって振り返ったときには、遥は胡座を掻いた姿で腕を組み、目を閉じて素知らぬ顔をしていた。

佳人は胸の内で、「早く来てくださいね」と遥の背中に声をかけると、浮き足だちそうになるのを抑えて月見台を後にした。

□□□

「奥さん、これは捨てる荷物ですか、それとも持っていく荷物ですか？」

引っ越し業者の若いスタッフに聞かれ、私は「はぁい、今行きます！」と明るく張りのある声で返事をした。

今日は引っ越しの日だ。

都内を離れるのは生まれて初めてだが、向こうには知り合いもいるし、これまでよりも待遇と給与のいい仕事も待っている。

自室で段ボールに自分の荷物を詰めている娘も、転校することに不安はないようだ。私とは違って、社交的で明るい性格なので、きっとまたすぐ友達ができるだろう。家賃が下がる分、塾へも行かせてやれることになり、本人もとても喜んでいる。

嘘をついて黒澤社長からお金を騙し取ろうとしているのがばれたときには、最悪刑務所行きになるかもしれないと覚悟したが、寛大な許らいで許してもらうことができ、新たな道を進めることになった。本当に幸運だった。

長い間疫病神のように付き纏われていた豪田は、今どうしているのか、確かなことはわからない。知りたくもないので、自分から知ろうとはしていなかった。

噂で、逃げていたのを捕まえられて、ヤクザの事務所に連れていかれたらしいと聞いた。

百万円を期限までに返せなかったので、痛めつけられたかもしれない。

気の毒だとは思うが、豪田の借金癖は今に始まったことではなく、あの性格を直さない限り、いつかはそういう目に遭《あ》うのは想像に難くなかった。

ずっと情に絆されて、無理を重ねて便宜を図ってきてやったが、もう限界だ。これ以上頼られると、共倒れになってしまう。

私には大事な娘がいるんだ、と思った途端、我に返っていた。

これからは、娘と二人で生きていこう。

黒澤社長と恋人の久保さんには本当にお世話になった。

先日、お餞別《せんべつ》だと言って受け取らされた封筒を開けたら、十万円の現金が入っていた。

受け取る理由がないとすぐに電話をかけたが、久保さんは、

『理由ならありますよ。おれ、お餞別だと言いましたよね？　遥さんとおれからです』

と言って、屈託なく笑っていた。

爽《さわ》やかな笑みを浮かべた美貌が目に浮かび、世の中はやっぱり不公平だと思ったものだ。男でもあんなに綺麗な人がいる。他人を羨んでも仕方がないので、自重するけれど。

「お母さんっ、見てこれ！」

娘が目をきらきら輝かせながら、手に古い手帳を持って駆け寄ってきた。

「なぁに？」

「これさ、お母さんの学生手帳じゃない？　高校のときの」

えっ、と見られてはまずいものを見られた心地で、動揺した。

「だめよ、返しなさい！」

焦って取り上げようとしたが、娘はひょいと腕を上げて躱し、中に挟んであったという色褪《いろあ》せた写真をひらりと翳《かざ》して見せた。

「ねっ、このイケメン、誰？　もしかしてお母さんのカレシだった人？」

一目見るなり、私は心臓が爆発するのではないかと思うほど驚いた。

こんな写真をひそかに持っていたことなど、すっかり忘れ果てていた。

そこに写っているのは、茂樹君だった。

懐かしさと苦さがいっきに込み上げる。

私は彼が死ぬほど好きだったけれど、彼はいつもそこにいない人を見ていた。

それが誰だったのか私は知らない。もう今となっては知りたくもない。

「初恋の人よ。渡しなさい」

へえ、と興味津々な目をしながら娘は私に茂樹君を隠し撮りした写真を返してきた。

「思い出なんでしょう。元通りここに挟んでおけば？」

「ううん、いいのよ、もう」

言うなり、私はその写真を細かく破いてゴミ袋に捨てた。

ええっ、と娘が素っ頓狂《すっとんきょう》な声を上げる。信じられない、なんで、と悲鳴に近い声で聞かれたが、私の心は晴れやかだった。

「ほら、早く荷物詰めちゃいなさい。明日からは新しい家で暮らすのよ」

そうだ。

そこからまた新しい一歩を踏み出すのだ。

鏡越しの告白

自分がこんなにも色恋沙汰に翻弄《ほんろう》され、自制心を失ってしまう人間だとは、正直、思っていなかった。

しばらく会いたくないと頑《かたく》なな態度で佳人《よしと》に言ってのけて電話を切ったあと、貴史《たかふみ》は早くも後悔に襲われた。

いっそのこと、すぐにまた佳人に電話をかけ直し、さっきは気が昂《たかぶ》っていて心にもない発言をしたと謝ろうかと思ったが、いざとなるとその勇気も出せず、腑甲斐《ふがい》なくも朝十時からベッドに入って頭から布団を被って寝てしまった。ここに来てとうとう張り詰めさせていた神経の糸が切れたらしく、昨晩一睡もできなかったこともあって、気がつくと眠り込んでいた。

目が覚めたのは夕方四時頃だった。

起きてすぐに携帯電話の着信履歴を確認した。

ひょっとすると東原《ひがしはら》からかかってきているのではないかという期待も虚《むな》しく、失意とせつなさが膨らんだだけだ。

深い溜息が零《こぼ》れた。

昨晩、人恋しさからつい東原に電話をかけてしまったが、そんないつもとは違うまねをするのではなかった。遥《はるか》が東原の部屋で入浴し、あまつさえ泊まっていったことなど、知りさえしなければこうも悶々《もんもん》とした気持ちにならずにすんだのだ。

あの二人の仲のよさは今に始まったことではない。佳人もそう言っていた。貴史自身、重々わかっているはずだった。

それにもかかわらず、一晩経《た》っても頭が冷えず、日曜の朝っぱらから佳人に電話をかけて酷いことを言った。次にどんな顔をして佳人に会えばいいのか。いや、そもそも佳人は貴史を許してくれて、また会ってくれるのか。そこからすでに自信が持てない。

明日ならどうか、と今日あらためて会おうと東原が言ってくれたにもかかわらず、貴史はそれは無理だと嘘をついて断った。あの場では素直に「いいですよ。じゃあ明日で」とはどうしても言えなかった。遥が来ていることを黙ったまま遣《や》り過ごそうとしている東原の態度に、猛烈に不信感を募らせたのだ。

冷静になって考えれば、東原は貴史によけいな気を揉ませたくなかっただけで、それ以上深読みする必要はなかったのかもしれない。

元々あまり多くを語る男ではなく、背中を見せて「おまえにその気があれば俺についてこい」と突き放した態度を取るタイプだ。確固たる自信と、相手への信頼があるからこそ、そうした姿勢を取れるとも考えられるが、普通の人間にはなかなか付き合い方が難しい。貴史は普通の男のつもりなので、しばしば悩み、惑う。

佳人とも東原とも連絡を取らぬまま、あっというまに一週間が過ぎた。

月曜から金曜までは朝から晩まで忙しく立ち働いていられたので、よけいなことを考えて思い煩《わずら》うことなくすみ、ある意味楽だった。時間の経つのも早く、気づけばまた週末を迎えていた。

『明日、都合のいい時間に六本木《ろっぽんぎ》の部屋に来い』

東原からそんな一方的なメールを受け取ったのは、一人で遅い晩飯を食べていた最中だ。

六本木の部屋には行ったことがなかったが、住所が記されていたので、地図ソフトを開いて確認するとすぐわかった。駅から徒歩五分ほどの場所に立つタワーマンションのようだ。

ドキリとしたのと同時に、相変わらずの命令口調がちょっと鼻につきもした。最初から返事など求めてもいないところが腹立たしい。自分は平気で「今夜はだめだ」と断るくせに、と収まっていたはずの不満が再燃する。

それでも無視しきれずに出向いてしまう己の入れ込み具合が、なにより貴史を自虐《じぎゃく》的な気分にさせた。東原を嫌いになれない自分が恨めしい。

六本木のマンションは、ランク的には、貴史がときどき出入りしている日本橋《にほんばし》のマンションと同じ程度だった。

「お隣は知らない方ですか」

同じ階にもう一戸あるようだったので、貴史は玄関で東原と顔を合わせたとき、挨拶《あいさつ》代わりにそう聞いた。それ以外になんと言うべきか決められなかったのだ。

「隣も俺の所有物だ。名義は違うがな。ボディガードの待機場所として使っている」

東原は隠す気などなさそうに答えると、「こっちだ」と顎をしゃくり、先に立って歩きだす。

貴史はおとなしく東原の背に従い、二十畳ほどの居間に案内された。

スタンドやウォールランプといった間接照明だけの、薄暗くムーディーな部屋だ。端の方にグランドピアノが置かれており、傍《かたわ》らの壁にはゴブラン織りで風景が描かれたタペストリーが掛けられている。座り心地のよさそうな布張りのソファセットが中央に配され、造り付けのガス暖炉《だんろ》もあった。暖炉には火が入っていて、室内を柔らかな暖かさで包み込んでいる。

ドサッとソファに座った東原に「おい」と促され、貴史も横に腰を下ろした。

先週見事に振られてから、今日この時まで一言も話していない状態で東原と向き合ったので、貴史はどうしてもぎくしゃくしてしまいがちだ。あれからちょうど一週間経っていて、さすがにもう頭は冷えているが、何事もなかったかのようにいつもと同じには振る舞えない。

貴史の態度がおかしかったことは東原も感づいていたらしく、貴史を見る眼差《まなざ》しに探るような色合いが含まれている。

「おまえから俺に誘いをかけてくるのは珍しかったのに、間が悪くて残念だったな」

東原はガラス製のローテーブルに用意されている、ボトルやアイスペール、グラスなどが載った銀盆を手元に引き寄せ、バーボンのロックを二杯作りながら唐突に先週の件に触れてきた。

なんと返事をするべきか迷ったのも束の間、言葉が貴史の口を衝いて出る。

「遥さんと一晩一緒に過ごしたんですか」

質問と言うよりも確認だった。

「まぁ、そのとおりだが、べつに変なことをしたわけじゃない。おまえにはっきり言わなかったのは、言わなくてもおまえはわかると思ったからだ」

「わかりましたよ……頭では」

東原のあまりの悪びれなさに、貴史は理不尽さを感じて苛立《いらだ》ちと悔しさを覚え、きゅっと唇を嚙みしめる。

「……でも、いくら頭で理解できても、気持ちがそれについていけないこともあります」

ここでまた感情的になってしまったら自分の負けだという気が強くして、貴史は精一杯意地を張って平静を装う。それでも声が微《かす》かに震えるのを抑止できず、己の弱さを思い知らされた。

「今さら遥に妬《や》く必要はないだろうが」

「僕が言いたいのは、必要があるとかないとか、そういう問題じゃないということです」

貴史は東原の傲慢《ごうまん》さと無神経さに呆《あき》れ、こうした感情論になると互いの意識や感覚がしばしば嚙み合わなくなるのがじれったかった。

「つまり、おまえは俺が信じられないってわけか」

次第に東原も機嫌を悪くし始めた様子で、眉間に皺を寄せ、目つきが剣呑《けんのん》になってくる。

僅《わず》かに顔色を変えただけで尋常でない迫力を纏《まと》う東原に、貴史は圧倒されそうになりながらも気丈に言い返す。

「信じたい、ですよ」

ピクリと東原の頬肉が引き攣《つ》った。

喰われそうな鋭い視線で見据えられ、背筋が凍りつきそうなくらい緊張する。

厄介で恐ろしい男だが、こんなふうに感情をぶつけて拗《す》ねている自分もたいがい怖いもの知らずだ。今にも首を絞められそうな危険を感じつつ、この男にならいっそ殺されてもかまわないと思う己がいる。破滅的な気持ちからではなく、ただただ情で、そんな気になれる。

自分にそれだけの影響を与えられる東原辰雄《たつお》という男を、貴史はどうしようもなく愛している。だから、すでに頭では許せていても、心情的に納得させてもらえなければ水に流せず、こんなふうにみっともなく東原に絡んでしまうのだ。

「前から聞きたかったんですが、あなたはどうして僕にしたように遥さんを押し倒さなかったんですか。しようと思えばできたでしょう？　それだけ大事にしたかったということですか」

「ほう。俺が遥を襲っていないことは信じられるわけか」

東原はフッと唇の端を上げて皮肉っぽく嗤《わら》う。

「嫌な言い方をしますね。でも、はい。それは疑っていません」

貴史は勇気を掻き集めて東原と渡り合っていた。少しでも気を抜けば、たちまち指や唇が覚束なく震えだしてきそうで、下腹に力を入れっぱなしだった。ソファに座っていても、背筋をピンと伸ばして緊張させていて、クッションに身を預ける余裕もない。対する東原は悠然としたものだ。話をしながら作ったバーボン入りのロックグラスを一つ貴史の手元に押しやり、自分も同じものを手にしてグッと呷《あお》る。

「なぜかと聞かれても答えられねぇな」

東原はちらりと横目で貴史の顔を流し見る。

その目にはもう険しさは宿っておらず、代わりに色気と熱っぽさを感じて、貴史はドキリとしてしまった。

片腕を広げて背凭《せもた》れの上に載せ、長い脚を組む。

間接的に肩を抱かれている心地がして、貴史はひそかに狼狽《うろた》えた。面映《おもは》ゆさもあって、じわじわと頬が紅潮してくる。

さっきまでの緊迫した空気感が、東原の目つきや態度が変わっただけであっというまに和む。一挙手一投足でこれだけの影響力を与える男と自分は付き合っているのかと、我ながら信じ難《がた》い心地がする。

「おまえのことは絶対に欲しいと思ったから、さっさと押し倒した。遥は……そうだな、体抜きにかまいたいと思った。そんなところだ」

東原の言葉には嘘は感じられなかった。

「いまだに遥にかまいたくなるのは、遥をまんまと手に入れた佳人が小憎らしいからだ」

「佳人さんは強い人だから、あなたはそうやって苛《いじ》めたくなるんでしょう」

貴史は眉を顰《ひそ》め、分別のないガキ大将を見る気持ちで東原を一瞥した。ときどき妙に大人げないことを言い出すので、呆れてしまう。

「でも、佳人さんもそろそろ我慢の限界かもしれないですよ」

貴史が佳人にかこつけて己の気持ちを吐露《とろ》したとき、来客を報《しら》せる音がどこかで鳴った。

「来たか」

東原は来客があることを知っていたらしく、誰が訪ねてきたかわかっているようだ。

「人が来る予定があったんですか」

「おまえが来る少し前に芝垣《しばがき》が電話してきたんだ」

「組関係の方ですか」

「いや」

東原は短く返事をすると、ソファを立った。

「小一時間ほどで帰るだろうから、おまえはここでしばらく待っていろ」

貴史は出鼻を挫《くじ》かれたような拍子抜けした気持ちで部屋から出て行く東原を見送った。

土日も関係なく忙しい男なのは承知しているので、ムッとするところまではいかないが、やはりあまり愉快ではなかった。

小一時間といっていたが怪しいものだ、と冷めた気持ちで考えつつ、東原が作ってくれたバーボンを舐めるように少しずつ飲んでいると、『何か飲むか』という東原の声が予想外にはっきりと聞こえてきて驚いた。

どうやら新たな来客は隣の部屋に案内されたらしい。

それにしても、声がこんなに洩れ聞こえるのは不自然だ。

貴史はふと、隣室との間の壁に掛けられたゴブラン織りのタペストリーに目を留めた。室内が薄暗い上、グランドピアノの陰になっていて今まで気づかなかったが、タペストリーの端にロールブラインドを上げ下げする紐と同じものが下がっている。

もしやと思い、近づいて確かめてみると、案の定、タペストリーは巻き上げられるようになっていた。

タペストリーの縁に指を掛け、横合いから壁との隙間を覗《のぞ》き込む。

縦長のガラス窓が隠されている。おそらくマジックミラーだろう。隣室の明かりが差し込んできている。どうりでこちらの部屋は明かりを絞っているわけだ。貴史は壁に設《もう》けられた縦長のガラス窓の正体がわかって合点《がてん》した。

紐を操作し、タペストリーを上げる。

来客は佳人だった。

応接室と思《おぼ》しき部屋で、一人掛け用のどっしりとした安楽椅子に東原と横並びに座った佳人の姿をほぼ正面に捉え、貴史は一瞬心臓が止まりそうになった。相当広い部屋のようで、距離はかなりあるものの、表情まではっきりと見て取れる。向こうからこちらは見えていないとわかっていても、ドキドキする。

『で？　おまえさんがそういう堅苦しい顔つきで俺のところに来たってことは、おおかた先日遥がここに泊まった件で用があってのことだろう。文句でも言いたいのか』

『遥さんが東原さんのところに泊まったこと自体は、おれはべつに気にしていません』

東原と佳人の会話が鮮明に聞こえる。隠しマイクで音声を拾い、こちら側でモニターできる仕組みになっているようだ。東原の住み処なら、このくらいの仕掛けはされていて不思議ない。

ふと、東原が視線を上げてこちらを見た。

まるで貴史が覗いているのを承知しているかのごとく、真っ直ぐに鏡を見つめ、ふっ、と口元を綻《ほころ》ばせる。

そこで見ていろ。しっかり聞いていろ。そう言われている気がして、貴史は自分が東原の計算通りの行動をしたのだと悟った。

手のひらで踊らされている悔しさを感じながらも、貴史は開き直った。

いいだろう。東原がそのつもりなら、佳人と何を話すのか一語一句漏らさず聞いてやる。

盗み聞きすることになって佳人には申し訳ないが、この期《ご》に及んでこの場を離れることはできなかった。

*

佳人を見送った東原が居間に戻ってきたとき、貴史は元通りにソファに座って、空いたグラスを二つ並べておかわりを作っているところだった。

「待たせたな」

東原は出て行ったときと同じ厳《いか》めしく引き締まった顔つきをしていたが、心なしか面映ゆそうにしていると感じるのは、おそらく貴史の気のせいではないだろう。マジックミラー越しに佳人との遣り取りを貴史に見聞きされたことを踏まえた照れくささが、僅かな表情の変化から汲《く》み取れる。

貴史は東原の、不器用だが真っ直ぐな心根に触れ、先ほどまで燻《くすぶ》らせていた蟠《わだかま》りが消えて清々しい気分になっていた。

東原は貴史の傍らに腰を下ろすと、差し出したグラスを受け取り、いっきに半分まで中身を減らした。強い酒を水のように飲む。

「……佳人さんには、僕から電話して謝ります」

貴史も自分のグラスに口をつけ、一口飲んで、おもむろに言う。

「ああ」

東原は無愛想な顔をして短く相槌《あいづち》を打つ。

いろいろと東原に言いたいことはあったが、貴史はどれから話せばいいのか逡巡した。

東原の気持ちはマジックミラー越しに聞いてしっかりと受けとめた。東原もそれを承知している。その上で、こうして一つのソファに肩が触れ合うほど近づいて座っている。もうそれだけで言葉はいらない気もした。

東原の言葉を一つ一つ脳裡《のうり》に浮かべて反芻《はんすう》するうちに、貴史は自然と笑みを浮かべていた。

「なんだ。何がおかしい」

「あ、いえ」

貴史は横を向いて東原と顔を合わせ、ぶすっとした表情の中にまんざらでもなさそうな笑みが浮かんでいるのを見て、胸が震えるような嬉しさを湧かせた。

「せっかく佳人さんが、今言ったことをもう一度僕の前で言ってあげてください、と頼んでくれたのに、あなたのあのそっけない態度。ひどかったなと思って。佳人さんもあからさまに引いていたじゃないですか」

「もう一度言う必要なんかないと知っていたからだ。全部聞いていたんだろうが」

「それはそうなんですけど」

でも、やはり、東原の口から直接面と向かって聞かせてほしかったとも思う。意地っ張りな男なので無理な相談だろうが。

「まぁ、いいです」

貴史はふっと軽く溜息をつき、東原の肩に頭を預けた。

我ながら大胆なまねをしていると思って心臓が鼓動を速める。貴史としてはこれが精一杯の甘え方だった。

「今夜、泊めてもらえますか」

「帰さないつもりで明日までオフにしてある」

ぶっきらぼうに言う東原が愛しくて、貴史は膝の上に載せられていた大きな手を握りしめる。

東原からも強い力で握り返され、ますます心と体が昂揚《こうよう》してきた。

「マジックミラー、あなたらしかったです」

無骨《ぶこつ》な男の鏡越しの告白——また一つ東原の心を見せてもらい、貴史は東原に対する愛情を募らせた。焼きもちをやかされ、ヤキモキさせられても、揺るぎない気持ちさえあるとわかれば、多少のことでは動じずにすむ。

佳人が遥をどれほど愛しているかは聞くまでもなく、それと同じくらい好きだと言われたら、貴史はもう何も言えない。

「この部屋、素敵に薄暗いですね」

いっそ今すぐここで抱かれたくなって思わせぶりに呟くと、「煽《あお》るな。ばかめ」と下腹に響く色っぽい声で返された。

ソファの座面に仰向けに押し倒される。

体重をかけてのし掛かってくる東原の熱と鼓動を感じ、貴史は誘うような目をして間近に迫った精悍《せいかん》な顔を見上げた。

貴史を獲物のように押さえつけ、ニヤリと唇の端を上げる東原の獰猛《どうもう》な色気に、頭の芯がクラりとする。

「おまえから俺を誘うようになるとはな」

「嫌いですか、そういうのは」

「憎からず思っている相手に誘われて嫌なやつがいるか」

東原は馬鹿馬鹿しいと言わんばかりに一蹴し、貴史の唇を塞ぐ。

いつもは荒々しく性急にされがちなキスが、今日はソフトで優しかった。

押しつけられ、啄《ついば》まれて、心地よさにあえかな声が出る。

薄く唇を開いてみせても東原はなかなか舌を差し入れてこず、柔らかな肉の感触を堪能するように湿った粘膜を接合させる行為を繰り返す。

こんなふうに焦らされることはめったになく、次第に貴史は、もっと深く濃密に東原を感じたくて、もどかしくなってきた。

薄目を開けると、揶揄《やゆ》するようにこちらを見据える東原と目が合った。

どうした、と何もかも承知していながら聞かれている気がして、貴史は東原の意地の悪さを恨めしく感じると同時に、己の欲深さに羞恥を覚えて頬を上気させた。

「物欲しげな顔してるぜ」

「……ええ」

自覚はあったので、貴史は睫毛を伏せてはにかみながら素直に認める。

そう言う東原も股間を猛々しく盛り上がらせている。下腹部に押しつけられた陰茎の硬さと大きさに、貴史は性欲を刺激され、コクリと喉を鳴らした。

東原がうっすら笑って口元を緩める。

貴史は東原の頭を抱き寄せて唇を合わせた。

舌先を隙間から滑り込ませ、口腔《こうこう》をまさぐる。

貴史が舌を入れてくるのを待ち構えていたかのごとく、東原は自らの舌を絡ませてきた。

「んん……っ、んっ……」

搦《から》め捕《と》ってきつく吸い上げられる。

舌の根が痺れ、眩暈《めまい》がしそうだ。湧いてきた唾液を飲み込めず、唇の端から零してしまう。

ようやくいつもの東原らしい荒々しさが戻ってきて、貴史は陶然《とうぜん》となった。

優しく扱われるのももちろん嫌いではないが、やはり東原にはこのくらい荒々しくされたほうが燃える。有無を言わさず強引に迫られ、自分はこの男のものだと体に教え込まれることで、欲情を刺激され、昂奮《こうふん》する。最初からそんな形で関係が始まったせいだろうか。我ながらちょっと倒錯《とうさく》しているかもしれない。

貪るようなキスを続けながら、東原は貴史のシャツのボタンをあっというまに外し、胸板をはだけさせた。

性感が高まると勃つようになってしまった胸の突起を摘《つま》まれる。

「ひっ、う……！」

磨り潰すように揉みしだかれ、引っ張られて、淫らな疼《うず》きが下腹部を直撃し、猥《みだ》りがわしく腰を揺すって悶《もだ》える。

充血し、ツンと突き出した乳首に湿った息を吹きかけられ、貴史はゾクゾクと顎を震わせ仰《の》け反った。

「あぁっ……あ」

露《あらわ》になった首に唇が押しつけられてきて、あちこちくまなく這い回る。

ときどき肌を強めに吸われ、キスの痕をつけられる。明日一日で消える程度に加減しているのがわかる。情動に任せた行為をしながらも計算高くて周到なのが東原という男だ。めちゃくちゃなことをしているようでいて、いろいろ配慮しており、限度を弁えている。だから貴史も、気を失うほど感じさせられ、ギリギリまで追い詰められても、東原を信じて身を委《ゆだ》ねられるのだ。

東原は、首筋から肩、胸板と徐々に体をずらしつつ、手や唇で感じやすい部位に触れていく。

僅かに指先を掠められただけでも、ビリッとした刺激が体の芯を撃ち、淫らな痺れを味わわされる。

「あ、あっ、あぁぁっ」

ビクン、ビクン、と身を引き攣らせ、肌を粟立《あわだ》たせて、ひっきりなしに浮ついた声を上げる。

休む間もなく感じさせられ、ソファの上で何度も背中を弓形に反らせて身動《みじろ》いだ。

乱れて肩まで露になっていた貴史のシャツを剝《は》ぎ取った東原は、自らも手早く上半身裸になった。ソフトな生地で仕立てられたイタリアンカラーのシャツを床に脱ぎ落とす。

剝《む》き出しになった東原の胸板は厚く、発達した筋肉で覆われていて、見惚れてしまうほど美しい。隆起した僧帽筋《そうぼうきん》や大胸筋の逞しさもさることながら、綺麗《きれい》に割れた腹部の引き締まり方に目を奪われる。毎日鍛錬《たんれん》を欠かさず、節制し、きちんと食事をとっているからこの体型を維持できているのだろう。東原の裸を見るたびに貴史は、運動の一つもせず、忙しさにかまけて食事も睡眠もおざなりにしがちな自分を反省する。

東原はあらためて貴史の上にずっしりとした体を載せてきた。

キスと愛撫で昂り、熱っぽさを増した肌と肌が密着し、動悸が激しくなる。

互いの心臓の音が重なり合っているのを悉《つぶさ》に感じてますます気持ちが昂揚し、貴史は東原の背中を両腕で強く抱きしめた。

愛情と独占欲が湧き上がり、もっと奥深い部分で体を繋げて確かめ合いたい欲求が強くなる。

「東原さんの、硬い……すごく」

「こんなことしてるんだから、そりゃ、こうなる」

東原は貴史の下腹部に股間をグッと押しつけ、猥りがわしく腰を動かし、布地越しに擦りつけてくる。

「あっ、あっ」

だめ、と本心とは裏腹に口走り、東原を抱く腕に力を入れる。

「嘘つきめ。それがだめって顔か」

東原はおかしそうに笑って貴史の項《うなじ》に顔を埋め、耳朶《みみたぶ》を口で挟んで愛撫する。

濡れた舌を伸ばし、耳の穴まで舐められる。

ゾワゾワした感触に貴史は身を竦め、あえかな息を洩らした。

腰の動きも止まっておらず、陰茎同士が擦れ合い、窮屈な布地の下ではち切れそうなくらい嵩《かさ》を増す。

「触って、ください」

貴史ははにかみながらねだり、誘うように腰を蠢《うごめ》かした。

「ここ、もう苦しい」

早く解放されたい、あなたのものが後ろに欲しい、と胸の内で続け、コクリと喉を鳴らして生唾を飲む。さすがにそこまであからさまな求め方はできなかった。羞恥と矜持《きょうじ》が邪魔をする。今さらだと自分でも思うが、自分から口にするのは抵抗があった。もっと我を忘れるほど夢中にさせられ、脳髄が蕩《とろ》けているときでなければ、素直になりきれない。

「すげぇ硬くなっているな」

東原は目を細めて言うと、上体を起こした。

「ちょっと待ってろ。すぐ戻るから、脱いでおけ」

「……はい」

東原がソファを下りて、どこかへ行ってしまった後、貴史はベルトを外してスラックスを脱ぎ、下着も下ろした。

言葉通り東原は貴史が全裸になったのとほぼ同時にドアを開けて戻ってきた。手にしているのはプラスチック製のボトルに入った潤滑剤だ。

東原は再び貴史をソファに仰向けに押さえつけ、脚を抱えて股を開かせた。

膝が胸につくほど深く体を折り畳まされ、双丘の間が剝き出しになる。

キュッと窄《すぼ》んだ襞《ひだ》を乾いた指で軽く撫でられたかと思うと、ボトルを開けて、とろっとした潤滑剤を中心に滴《したた》らせる。

「ひう……っ、あ……あっ」

滑りのいい液で秘部をしとどに濡らし、襞を搔き分けてググッと入り込んできた指で筒の中までぬめりを広げられる。

指を付け根まで潜《もぐ》らせて狭い器官を蹂躙《じゅうりん》しつつ、もう一方の手で屹立した陰茎を摑み、皮を上下に扱《しご》いたり亀頭を指の腹で撫で回したりされ、貴史は身を捩《よじ》って喘いだ。

「あ、あっ、あ！　あぁぁっ！」

恥ずかしい格好で、性器を弄《いじ》られながら後孔に指を捻《ひね》り込まれて悶えさせられている己をあさましいと思いながらも、強烈な悦楽に身を任せ、快感を享受《きょうじゅ》することに夢中になってしまう。

先端の小穴から滲《にじ》んできた先走りの淫液を亀頭にヌルヌルと擦りつけた東原は、濡れた指を自らの唇にあてがい、舌を出してぺろりと舐める。肉食獣が獲物の味を確かめるようなしぐさにも色香を感じ、貴史はゾクリとした。圧倒的な強さを持つ相手に蹂躙され、奪われることに、恐怖以上の陶酔《とうすい》を覚える。

奥に差し入れた指をいったん抜いて、二本に増やして穿ち直す。

「ンンッ」

荒々しく内壁を擦られて貴史は呻《うめ》き、反らせた顎をブルッと震わせた。

指を動かすたびにグチュッと卑猥《ひわい》な水音がする。自分の中がぐっしょり濡れて、もっと、と貪《どん》婪《らん》に収縮し、東原の長い指をきゅうっと引き絞るのがわかる。たまらない辱《はずかし》めだった。せめてはしたない声は出すまいと唇を噛んで耐えようとするのだが、その甲斐もなく乱れた息と共に嬌《きょう》声《せい》が零れてしまう。

「もう、大丈夫ですから」

貴史は喘ぎながら東原の腕を摑む。

「……い……れて、ください」

頬がカアッと火照るのを、空いた手の甲で隠しつつ、消え入りそうな声で求める。

「ああ。そろそろいいようだな」

東原は下腹に響く色っぽい声で応じ、十分慣らされて柔らかく解れた秘部からズルッと指を引いた。抜かれるときにも感じて喘ぎ、後孔を引き絞って妖《あや》しくひくつかせた。

東原はスラックスのファスナーを下ろすと、猛々しく勃起した陰茎を摑み出した。

潤滑剤を亀頭や竿にも丹念に施し、肥大した先端を貴史の濡れそぼった襞に押し当てる。

そのまま、二、三度弾力のある熱い肉塊で秘部を擦られ、貴史は浮ついた声を洩らしてねだるように腰を動かした。ひと思いに貫いてほしくて、この期に及んで焦らす東原が恨めしい。

貴史が僅かながら痴態《ちたい》を見せると、東原はフッと満足した様子で唇の端を上げ、おもむろに腰を進めてきた。

ずぷっ、と硬い先端が蕩けた襞を割り開き、内壁を擦りながらゆっくりと穿たれる。

「あっ、あ……！　あぁあ……っ」

ガチガチに張り詰め、熱くなった肉棒が狭い器官をみっしりと埋め尽くし、深々と根元まで入り込んできて奥を突き上げる。

「ああああっ！」

腰を揺すってズン、ズン、と繰り返し最奥《さいおう》を叩かれ、貴史は「ひいっ」と取り乱した声を放って悶えた。東原が中で動くたび、あられもない悲鳴が口を衝いて出るのを抑えきれない。

東原は緩急をつけた巧みな攻めで貴史を追い立て、惑乱させる。

「あ、だめ。だめ、あああっ！」

ギリギリまで抜いた陰茎をグググッと挿入し直し、中で小刻みに角度を変えて突き上げてから、再びズルッと引きずり出す。

ゆっくり、じっくり責められ、熾火《おきび》で炙《あぶ》られるように断続的な快感を味わわされていたかと思うと、一転して荒々しく根元まで一息に穿たれる。

「ひうっっ、あ、あっ、深いっ！」

勢いの激しさにソファの座面の上で体がずり上がる。

脳髄を貫く淫らな快感に貴史は泣くような声を放って頭を打ち振り、縋《すが》るものを求めて東原の裸の背中にしがみついた。

「そのまま摑まっていろ」

東原の渋い声を耳元で聞き、貴史はぶるっと身を震わせた。こうなると、声にも感じてしまう。全身が性感帯になっていた。

東原は貴史の腰を抱え直すと、抽挿《ちゅうそう》を速めた。

湿った粘膜を荒々しく擦り合わせる淫靡《いんび》な水音が薄暗い室内にひっきりなしに響く。

「ああっ、あ、あっ、ああ！」

貴史は東原に揺さぶられるまま身を任せ、次から次へと襲ってくる悦楽に慎みのない声を上げ続けた。

「ああっ、い、イク……、イキそう……っ！」

「達《い》け」

東原に短い言葉で促され、貴史は意地を張らずに禁を解く。

体がふわりと宙に投げ出されるような感覚に見舞われ、嬌声混じりの悲鳴を上げて、東原の背中に爪を立てていた。

「ふっ」

薄く開かれた東原の口からも愉悦にまみれた息が洩れる。

貴史の中で東原のものがドクンと脈打ち、白濁を撒き散らされるイメージが脳内を過《よぎ》る。

「東原さん」

貴史は汗ばんだ額を東原の肩に押し当て、荒い息をつきつつビクビクと全身を痙攣《けいれん》させた。

「貴史」

逞しい腕が貴史の体を抱き竦め、汗に濡れた肌と肌をぴったり合わせてくる。

「俺は、おまえだけだ」

情動に流されたような熱の籠もった声を耳元で聞き、貴史はいっそう強く東原を抱き寄せ、繋がったままの秘部を引き絞った。

「はい」

照れくさくてそれだけ答えるので精一杯だったが、東原の本気と誠実さは、貴史の胸にしっかり届いていた。

あとがき

情熱シリーズも十一冊目になりました。

ここまで続けてこられましたのも、応援してくださいます読者様のお力があればこそです。本当にありがとうございます。

今回は本編まるごと佳人さん視点で進めることに挑戦しています。モノローグがないと無口な遥さんは何を考えているのかわかりづらいキャラですが、シリーズも巻を重ねてきましたので、佳人さんも慣れて気を揉みすぎなくなったかなと、書いていて思いました。

シリーズが始まった当初は二十七歳だった佳人さんも今や三十歳。二人には本当にいろいろなことがあった三年間でしたが、変化が大きいのはやっぱり佳人さんのほうですね。遥さんも人との付き合い方とか、日々の過ごし方といった意味では、佳人さんが来てからと来る前とではかなり違っているし、佳人さんに対する態度も相当変わったと思うのですが、それ以外で激変したところはないような。

これから先も、遥さんはたぶんずっと今のまま泰然と構えていて、佳人さんの成長を見守り続けるんだろうなと想像しています。私の脳内には、佳人さんが三十半ばくらいになったときのこともすでにあって、いろいろ妄想してはにやけています。確かなのは、この二人はロマンスグレーのおじさまたちになっても一緒にいるんだろうな、ということです。

本作で書きたかったのは、茂樹さんの過去や敦子さんの現況もさることながら、実は、珍しく感情を剥き出しにする貴史さんだったたりします。普段は物わかりのいいふりをしている人が、八つ当たりしてしまうほど動揺するところ。東原さんとの関係は今後また少しずつ進展していくと思いますが、この二人の場合は遥さんたちよりずっとゆっくりになる気がします。

ご意見やご感想等ありましたら、お手紙やメールにてお気軽にお寄せいただけますと嬉しいです。どうぞよろしくお願いいたします。

そしてまた、本著でも素晴らしいイラストの数々を円陣闇丸先生に描いていただきました。美麗な二人を、本当にありがとうございます。佳人さんがどんどん色っぽくなるので、拝見するたびにドキドキしてしまいます。

本著の制作にご尽力くださいましたスタッフの皆様にも厚くお礼申し上げます。今後ともご指導の程よろしくお願いできれば幸いです。

それでは、また次の本でお目にかかれますように。

ここまでお読みくださいまして、ありがとうございました。

遠野春日拝

◆初出一覧◆

ゆるがぬ絆 −花嵐−　　　　／書き下ろし

鏡越しの告白　　　　　　　／書き下ろし

イラスト／蓮川 愛

イラスト／明神 翼

イラスト／剣 解

ビーボーイ小説新人大賞募集!!

「このお話、みんなに読んでもらいたい!」
そんなあなたの夢、叶えませんか?

小説b-Boy、ビーボーイノベルズなどにふさわしい小説を大募集します!
優秀な作品は、小説b-Boyで掲載、もしかしたらノベルズ化の可能性も♡

努力賞以上の入賞者には、担当編集がついて個別指導します。またAクラス以上の入選者の希望者には、編集部から作品の批評が受けられます。

大賞…100万円+海外旅行

入選…50万円+海外旅行

準入選…30万円+ノートパソコン

佳　作　10万円+デジタルカメラ

期待賞　3万円

努力賞　5万円

奨励賞　1万円

※入賞者には個別批評あり!

◆募集要項◆

作品内容

小説b-Boy、ビーボーイノベルズ、ビーボーイスラッシュノベルズなどにふさわしい、商業誌未発表のオリジナルボーイズラブ作品。

資格

年齢性別プロアマを問いません。

注意!

・入賞作品の出版権は、リブレ出版株式会社に帰属します。
・二重投稿は堅くお断りします。

◆応募のきまり◆

★応募には「小説b-Boy」に毎号掲載されている「ビーボーイ小説新人大賞応募カード」(コピー可)が必要です。応募カードに記載されている必要事項を全て記入の上、原稿の最終ページに貼って応募してください。
★締め切りは、年1回です。(締切日はその都度変わりますので、必ず最新の小説b-Boy誌上でご確認ください)
★その他の注意事項は全て、小説b-Boyの「ビーボーイ小説新人大賞募集のお知らせ」ページをご確認ください。

あなたの情熱と新しい感性でしか書けない、楽しい、切ない、Hな、感動する小説をお待ちしています!!

ビーボーイノベルズをお買い上げいただきありがとうございます。
この本を読んでのご意見・ご感想をお待ちしております。

〒162-0825 東京都新宿区神楽坂6-46
ローベル神楽坂ビル５Ｆ
リブレ出版㈱内 編集部

リブレ出版WEBサイトで、本書のアンケートを受け付けております。
サイトにアクセスし、TOPページの「アンケート」から該当アンケートを選択してください。
ご協力をお待ちしております。

リブレ出版WEBサイト　http://www.libre-pub.co.jp

ゆるがぬ絆 ―花嵐―

2015年6月20日 第1刷発行

著者 ―― 遠野春日

発行者 ―― 太田歳子

発行所 ―― リブレ出版株式会社
〒162-0825
東京都新宿区神楽坂6-46ローベル神楽坂ビル
営業 電話03(3235)7405 FAX03(3235)0342
編集 電話03(3235)0317

印刷所 ―― 株式会社光邦

この書籍の用紙は全て日本製紙株式会社の製品を使用しております。

Printed in Japan
ISBN978-4-7997-2581-8

遠野春日の大人気
「情熱」シリーズが、
BBNで復活!!
黒《くろ》澤《さわ》 遥《はるか》
6つの会社を経営する青年実業家。子供の頃親に捨てられ苦労して育つ。無口で不器用なため素直になれない性格。
久《く》保《ぼ》佳《よし》人《と》
親の借金のため、香西組組長に10年間囲われていた過去を持つ。芯のしっかりした美貌の青年。
イラスト：円陣闇丸
BBN「ひそやかな情熱」
BBN「情熱のゆくえ」
BBN「情熱の飛沫」
BBN「情熱の結晶」
BBN「さやかな絆 -花信風-
BBN「艶恋」
BBN「艶悪」
BBN「たゆまぬ絆 -涼風-」
BBN「夜天の情事」
BBN「ついの絆 -芝蘭の交わり-」
BBN「ゆるがぬ絆 -花嵐-」
大好評発売中
最寄の書店またはリブレ通販にてお求め下さい。
リブレ通販アドレスはこちら
リブレ出版のインターネット通信販売
Libre PC http://www.libre-pub.co.jp/shop/